KB169724

택배 왔습니다

푸른도서관 61
택배 왔습니다

초판 1쇄/ 2013년 9월 30일
초판 6쇄/ 2023년 12월 15일

지은이/ 심은경
펴낸이/ 신형건
펴낸곳/ (주)푸른책들
등록/ 제321-2008-00155호
주소/ 서울특별시 서초구 양재천로7길 16 푸르니빌딩 (우)137-891
전화/ 02-581-0334~5 팩스/ 02-582-0648
이메일/prooni@prooni.com **홈페이지**/www.prooni.com
인스타그램/@proonibook **블로그**/blog.naver.com/proonibook

ISBN 978-89-5798-366-9 03810

이 도서의 국립중앙도서관 출판시도서목록(CIP)은 서지정보유통지원시스템 홈페이지(http://seoji.nl.go.kr)와 국가자료공동목록시스템(http://www.nl.go.kr/kolisnet)에서 이용하실 수 있습니다.
(CIP제어번호: CIP2013017474)

심은경 지음

푸른책들

차례

불청객

또 허탕이다. 밀린 알바비를 받으러 갔다가 바람맞았다. 사장은 아예 만나지도 못했다. 일부러 피하는 걸 알면서도 돌아서야 했다. 고딩은 이럴 때 불리하다.

전철에 몸을 싣자 급격하게 피곤함이 밀려왔다. 어디선가 휴대 전화가 울렸다. 계속 울린다. 아 참 빨리빨리 좀 받지. 눈썹을 찌푸리고 벨소리를 찾아 두리번거렸다. 아뿔싸, 사람들 시선이 내게 쏠렸다. 허둥지둥 가방을 뒤적여 전화기를 꺼냈다. '윤세라' 액정에 뜬 이름이다. 멈칫 망설여졌다. 조금 더 버텨 보려다 받았다.

"여보세요."

"잘 지냈니?"

뜬금없이 안부라니. 우리가 그런 사이였나?

"응. 웬일?"

나도 모르게 방어 톤이다.

"궁금해서 전화했지."

갑자기 없던 관심이 생길 리가. 또 무슨 꿍꿍이지? 괜히 심기가 불편했다.

"어째 넌 내가 반갑지 않은 거 같다."

사실이었다. 그냥 피식 웃었다.

"저장만 되어 있던 번호라 살짝 당황스럽기는 해. 또 이상한 거 부탁할까 봐."

불현듯 그날 일이 떠올랐다. 왠지 모르게 불편한 아니, 찜찜한.

2학기 중간고사가 끝난 뒤였다. 모닝콜인 줄 알았는데 전화벨 소리였다.

"수연아, 내가 깨웠구나."

세라였다. 잠을 깨운 게 사실이지만 내색을 하지 않으려 애썼다.

"저……."

뜸을 들이는 게 개운치 않았다. 나는 그냥 듣고만 있었다.

"미안한데 부탁 하나만 하자. 내 휴대 전화에 문자 하나만 남겨 줄래?"

"무슨 문자?"

"그러니까 주말을 너희 집에서 함께 보낸 걸로."

"뭐?"

너무 놀라 세라 말을 잘랐다. 뒷이야기는 안 들어도 뻔했기 때문이다.

"미안. 혼자 있는 앤 너밖에 없잖아."

"그게 너랑 무슨 상관이야?"

나는 퉁명스럽게 대꾸했다.

엄마가 대학병원 중환자실에서 간병인 일을 시작하면서 나는 혼자 지내는 날이 많아졌다. 아니, 거의 혼자 지낸다. 덕분에 나는 꽤 독립적인 아이가 되었다. 병원에서 숙식을 해결하는 엄마에게 미안할 때도 있다. 19평 임대 아파트를 나 혼자 사용하니까. 하지만 보호해 줄 사람이 없다는 건 살얼음 위를 걷는 것처럼 늘 아슬아슬하다. 알 수 없는 두려움이 엄습해 올 때마다 촉각을 곤두세우게 된다.

한번은 이런 일도 있었다. 자정이 넘은 시간에 현관문을 긁어 대는 소리가 났다. 잠결이었음에도 불구하고 나는 스프링 튕기듯 발딱 일어났다. 위험신호 자동 처리 시스템도 이

보단 빠르지 않을 것이다. 누군가 쇠막대기로 현관문을 긁어 대고 있었다. 머리털이 쭈뼛 섰다. 보호자 없이 여고생 혼자 지내는 걸 누군가 지켜보고 있었던 걸까? 만약 계획적이고 의도적인 접근이라면? 소름이 끼쳤다. 비디오폰을 눌러 볼 엄두조차 나지 않았다.

–엄마, 무서워!

엄마에게 문자를 보냈지만 답장이 없었다. 다급한 마음에 전화 버튼을 눌렀지만 신호음이 울리다 말고 뚝 꺼지는 게 아닌가. 다시 걸었을 땐 전원이 꺼진 상태였다. 덜컥 겁이 났다. 내 상황도 상황이지만 엄마가 걱정되기 시작했다. 설마 엄마에게 무슨 일이 생긴 건 아니겠지? 납치, 강도, 살인. 이런 끔찍한 단어들이 머릿속을 어지럽혔다. 나는 온몸을 웅크린 채 벌벌 떨었다. 그렇게 공포심이 극에 달했을 때였다.

"으이구, 인간아. 남의 집에서 뭐 해! 거긴 열쇠 구멍이 아니고 번호키잖아."

옆집 아줌마의 날카롭고 카랑카랑한 목소리가 얼마나 반갑던지. 술 취한 아저씨의 어눌한 변명이 어찌나 고맙던지. 나도 모르게 눈물이 났다. 그때 엄마에게 전화가 걸려 왔다.

나는 전화를 받자마자 자초지종을 설명했다. 엄마가 짧은 신음 소리를 냈다. 그제야 나는 엄마가 단 몇 분도 편히 잠을 청할 수 없는 처지인 걸 깨달았다. 그 이후로 나는 웬만하면 엄마를 걱정시키는 일은 하지 않으려고 노력했다. 두려움이 엄습했을 때 유연하게 대처하는 능력도 생겼다. 그렇다고 두려움에서 완전히 해방된 건 아니다. 다만, 그때마다 좁고 딱딱한 보조 침대에서 새우잠을 청하고 있을 엄마를 생각하며 견디는 것이다. 그래서인지 세라에겐 좀 서운했다. 내 사정을 유일하게 털어놓은 친구인데 이런 일에 날 끌어들이다니.

세라가 머뭇머뭇 말을 꺼냈다. 말인즉슨 연휴 내내 혼자 가을 여행을 다녀왔는데, 하필 그때가 제 엄마 아빠랑 싸운 뒤였다고 한다. 휴대 전화까지 꺼 놓고 이틀이나 외박을 했으니 집이 발칵 뒤집어진 모양이었다. 더는 묻지 말아달라고 했다. 친구니까 묻지도 따지지도 말고 도와달라면서 말이다. 자기가 무슨 보험 회사도 아니고. 기가 막혔다.

"사실대로 말하면 되잖아."

내 나름의 거절이었다.

"너랑 있었다고 말했다니까. 내가 누구한테 이런 부탁을 하겠니? 믿을 사람이 너밖에 없으니까 그렇지. 너라면 좀 안심이거든."

그럼, 난? 하고 되물으려는데 세라가 먼저 선수를 쳤다.

“나를 봐서 한 번만 도와주라. 우리의 우정을 생각해서, 응?”

세라는 중학교 3학년 때 단짝 친구다. 딱 잘라 거절하자니 우정이란 단어가 맘에 걸린다. 이런 내 마음을 세라도 꿰뚫고 있다. 하여튼 정말 약삭빠른 아이다. 불길한 느낌은 들었지만 깊이 생각하지 않기로 했다. 세라에 대한 내 우정도 소중하니까.

–잘 들어갔니? 덕분에 즐거웠어. 변치 않는 우리의 우정을 위하여 파이팅!

쓰기와 삭제를 반복하다 보내기를 눌렀다. 전송 중이라는 글자가 액정에 떴다. 여전히 찜찜했지만 탈 없이 잘 넘어가 주길 바랄 수밖에.

어느덧 겨울 방학이 시작되었다. 그사이 세라 소식은 듣지 못했다. 나는 아이스크림 가게, 베이커리 가게, 놀이동산을 종횡무진 하며 닥치는 대로 알바를 했다. 세라를 생각할 겨를이 없었다. 세라에 대한 불안감도 희미해지는 중이었다.

"하하하! 그게 언제 적 일인데. 꽁하긴."

꽁하긴, 꽁하긴……. 머릿속에서 이 말이 반복 재생됐다. 애견 통역기 독심술 서비스가 있다더니 그새 사람 독심술 서비스라도 나왔나? 단박에 마음을 들킨 것 같아 뜨끔했다. 내가 제일 부정하고 싶은 걸 콕 찍어 내다니.

"물에 빠진 놈 건져 주니까 웬 헛소리야? 고맙단 말은 못할망정."

괜히 목소리가 커졌다.

"그래서 전화했잖아. 맛있는 거 사 주러 갈게."

"나야 좋지. 그렇잖아도 알바비 못 받아서 꿀꿀하던 참이었거든."

세라 말에 쿨한척 대답했지만 바로 후회했다.

"어머 잘됐네. 텔레파시가 통했나 보다!"

텔레파시는 모르겠지만 누구라도 붙들고 하소연하고 싶었던 건 사실이었다.

"너희 동네 전철역 앞에서 기다릴게."

뚝. 전화는 별안간 끊겨 버렸다. 나는 전화기를 멍하니 바라보았다. 이제라도 되돌릴까? 후회가 밀려왔다.

세라는 누구나 한 명쯤 곁에 두고 싶어 하는 엄친딸이다.

세라 주변의 아이들은 자신들이 세라의 친구라는 걸 엄청 자랑스러워했다. 하지만 내게 세라는 단짝 친구 그 이상도 이하도 아니었다. 그런 나를 의식한 듯 세라는 간혹 보란 듯이 아이들을 몰고 다녔다. 물론 효과는 있었다. 그때마다 나는 소외감으로 기분이 상했고, 그런 세라가 낯설게 느껴졌으니까. 그래도 우리는 명실공히 단짝 친구임은 분명했다. 세라에 대한 내 생각이 바뀌게 된 그 일이 있기 전까지는 말이다.

그날은 세라의 생일이었다. 고등학교에 올라와서 처음 초대 받은 자리였다. 덕분에 나는 난생처음 패밀리 레스토랑을 갔다. 영국 여왕의 특별한 만찬 메뉴라는 샐러드 바에서 무엇부터 어떻게 먹어야 할지 막막했던 기억이 난다. 명문고생 사이에 낀 변두리 일반고생의 자격지심일지도 모르겠다. 하지만 세라의 친구인 것이 뭐 그리 대단한 자부심이라고 세라에게 갖은 아양을 떨어 대는 아이들이 낯설고 이상했다. 초대 받지 않은 장소에 눈치 없이 온 것처럼 모든 게 불편했다. 처음 만난 나를 십 년은 만난 친구처럼 대하는 세라의 친구들도 불편하긴 매한가지였다. 이런 마음을 세라에게 내색하진 않았다. 다만 세라와 나 사이에 보이지 않는 균열이 저절로 생겼을 뿐이다. 그 후 우리는 서로 생활 패턴이 다르다 보니 자연스레 서먹해졌다.

전철역에서 내리자마자 걱정이 앞섰다. 어색하면 어쩌지? 쓸데없는 걱정이었다. 세라는 나를 단박에 알아보고 손을 흔들었다. 살이 많이 빠져서인지 교복을 입지 않아서인지 제법 숙녀 티가 났다. 먼저 아는 체를 해 주지 않았다면 지나칠 뻔했다.

"너, 허락은 받고 온 거지?"

왠지 모르게 확인하고 싶었다.

"그렇다니까!"

세라 입에서 하얀 입김이 피어올랐다. 꼬치꼬치 따지기엔 날씨가 너무 추웠다. 동태가 될 지경이라 내 걸음은 저절로 빨라졌다.

"근데 우리 어디로 가는 거야?"

걸음을 멈추고 묻자 세라가 당연한 걸 묻느냐는 표정으로 말했다.

"너희 집."

어째 작정하고 온 것처럼 들렸다. 살짝 당황스러웠다.

'걔네 아빠는 은행 지점장이고 엄마도 지점장 발령을 앞두고 있다던데. 강부자라고 들어봤냐? 강남에 사는 부동산 부

자. 명문고생에 외동딸이니 오죽하겠니? 아무튼 부족한 게 없는 애야.'

친구들이 세라를 두고 하는 말이다.

문득 엄마와 내가 반지하 월세방을 벗어나 임대 아파트에 입주하던 날이 떠올랐다. 엄마와 나는 세상을 다 가진 듯했다. 우리 두 사람에겐 유일한 휴식처고 내겐 충분히 아늑한 공간이었지만 누군가를 집에 초대한 적은 없다.

지금도 세라가 살았던 아파트는 우리 동네 부유층의 상징이다. 정문에 차량 통제 차단기와 세콤 근무자가 상주하고 있는 유일한 아파트다. 그런 집에 살았던 세라를 우리 집에 데려갈 생각은 한 번도 해 보지 않았다. 고등학교에 진학하면서 세라는 강남으로 이사를 갔고, 세라가 우리 동네에 올 일은 더더욱 없었으니까.

"야, 빨리 좀 걷자. 얼어 죽을 거 같다."

세라가 내 팔에 매달리며 발을 동동거렸다. 날은 이미 저물었고 너무 추웠다. 이런 날 세라를 길거리에 세워 둘 수는 없었다. 더 이상 뿌리치면 또 쌍하고 좀스런 아이가 될 것이다. 발걸음이 점점 빨라졌다. 피할 수 없다면 즐기라고 하지 않았던가. 세상의 모든 엄마들은 세라 같은 친구를 사귀기를 바란다. 우리 엄마도 크게 다르지 않을 것이다.

현관 비밀번호를 누르는데 세라가 바짝 붙어 섰다. 고개 돌려! 이렇게 말하고 싶었지만 부잣집 딸내미가 탐낼 만큼 값진 물건이 우리 집엔 없었다. 세라도 고개를 돌리는 시늉만 하고는 이내 피식 웃으며 돌아봤다.

집 안은 썰렁했다. 손님이 집에 왔으니 뭐라도 대접해야 했지만 냉장고는 텅 비어 있었다. 반찬 통들이 텅 빈 속을 흉물스럽게 내보이고 있었다.

"엄마가 냉장고 채워 놓으러 오실 때가 됐는데. 흐흐."

민망해서 그냥 웃었다.

"내가 쏜다고 했잖아. 시켜 먹자."

세라 말에 나는 기다렸다는 듯 상가 책자를 꺼내서 펼쳤다.

얼마 후 만찬이 차려졌다. 피자, 통닭, 탕수육에 얼큰한 국물까지. 음식 값은 내가 꼬박 열 시간을 일해야 받을 수 있는, 오늘도 받지 못해서 속상했던 딱 그만큼이었다. 세라는 별 고민 없이 써 버릴 수 있는 돈이었다. 순간 깊은 자괴감이 들었다. 동시에 미안한 생각도 들었다. 좀 전까지도 나는 세라를 의심하고 있었기 때문이다. 세라는 정말 나를 친구로 생각하는 것 같았다. 내내 밝고 유쾌했다. 이런 친구 한 명쯤 곁에 있으면 도움 받을 일도 많을 거야. 내 안에서 악마가 속삭였다. 되새겨 보니 세라를 자꾸 밀어낼 필요까지는 없었다.

“짠! 요게 빠지면 섭하지.”

세라가 제 가방 속을 뒤적거리더니 뭔가를 쑥 내밀었다. 캔 맥주 두 개. 곧이어 또 두 개. 모두 네 개였다. 하나도 벅찬데 네 개씩이나? 이런 걸 언제 준비했대. 나는 눈을 동그랗게 뜨고 말을 잇지 못했다.

“뭘 그렇게 놀라. 소주 챙겨 오려다 맥주 가져온 거야. 순진하긴.”

내 귀에는 촌스럽긴…… 이렇게 들렸다.

“야, 우리 고딩이야. 미성년자거든.”

내가 세라를 훈계하는 꼴이 되었다.

“콜라에 비하면 맥주는 건강 음료야. 잘 노는 애들이 공부도 잘해. 뭐든 미지근한 것들이 이도 저도 아니거든. 우리 둘밖에 없는데 쫄기는.”

또 정곡을 찌른다. 어디서 심리학이라도 배우나? 사람 마음에서 약한 곳만 골라 잘도 찌른다. 나는 얼떨결에 캔 맥주를 받아 들고 건배를 하고 있었다. 그래, 우리 둘밖에…… 없으니까. 지금까지 나는 혼자이기 때문에 뭐든지 더욱 조심스러웠다. 엄마를 실망시키는 일은 절대 하고 싶지 않았다. 세라가 말한 뜨뜻미지근한 아이가 바로 나였다. 그런데 마셔! 마시는 거야! 내 안의 악마가 또 부추긴다.

"캬! 이 맛이야."

"오버하고 있네."

나도 보란 듯이 술을 벌컥 들이켰다. 알싸하고 씁쌀한 맛이 코끝을 찔렀다.

"캑, 크윽, 캬악!"

트림이 연달아 나왔다. 눈이 시큼했다. 백발백중 얼굴이 빨개졌다는 신호다. 세라가 그런 나를 보며 배꼽을 잡고 웃었다. 나도 모르게 따라 웃었다. 온몸의 힘이 풀리며 자유로워지는 느낌이었다. 그런 나를 세라가 귀엽다며 놀려 댔다. 우리는 서로를 향해 이유 없이 까르륵 웃어 댔다. 까들랑까들랑 까부는 철부지들처럼. 더구나 내 사적인 공간을 세라와 공유하고 있지 않은가. 이 사실 하나만으로도 나는 무장해제 중이었다.

"근데 너, 집에 언제 갈 거야? 엄마가 데리러 오시니?"

"자고 갈 건데. 엄마한테 허락 받았어."

세라는 나처럼 몇 번씩 곱씹는 법이 없다. 하고 싶은 건 반드시 하고야 마는 그런 애였다. 나는 말문이 막혀 세라를 뚫어져라 바라보았다. 시시콜콜 따지는 것도 세라 앞에선 아무

의미가 없어 보였다. 무엇보다도 이젠 답답한 이수연 노릇이 지겨웠다.

"누구 맘대로? 너 웃긴다."

말은 이렇게 했어도 해죽해죽 웃어 주었다. 어차피 세라는 갈 생각도 없어 보였다.

캔 맥주 네 개가 바닥이 났다. 알딸딸하니 노곤함이 밀려왔다. 바닥이 푹 꺼지는 느낌이었다. 이 와중에도 웃음이 실실 나왔다. 세라 얼굴이 물결처럼 출렁거렸다. 세라는 쉬지 않고 쫑알쫑알 떠들어 댔다. 나는 취한 걸 들키지 않으려고 배식배식 웃어 댔다. 세라 목소리가 점점 아득해질 때까지.

머리가 깨질 듯이 아팠다. 오줌이 마려워서 눈을 떴지만 몸이 천근만근이었다. 간신히 일어나 화장실에서 볼일을 보고 나왔다. 그제야 나는 세라가 없다는 걸 깨달았다. 자고 간다는 말 뻥이었어? 어쩐지 너무 들이댄다 했다. 장난 친 거라면 정말 재밌는 아이였다. 전화를 해 볼까 하다가 말았다. 그러기엔 너무 야심한 밤이었다. 인사는 내일 해도 늦지 않았다.

목이 말라 냉장고에서 찬물을 꺼내 마셨다. 잠이 확 깼다. 여전히 머리는 아팠고 집 안은 폭탄이라도 맞은 것 같았다.

먹다 남은 통닭과 피자가 상자째 뒹굴고 있었다. 소스에 퉁퉁 불은 탕수육과 짬뽕 냄새가 뒤섞여 머리를 더 지끈거리게 했다. 나는 발에 차이는 빈 깡통을 줍지도 않고 베란다로 향했다. 당장 환기부터 시켜야 했다.

베란다 문을 열자 찬바람이 온몸을 휘감았다. 정신이 번쩍 들었다. 겨울은 겨울이었다. 나는 이불을 뒤집어쓰고 다시 나왔다. 조금만 더 머리를 식히고 들어갈 참이었다. 그때 재밌는 구경거리가 눈에 들어왔다. 진한 키스신을 연출하고 있는 남녀. 3층이라 그런지 몰래 훔쳐보기엔 딱 좋은 위치였다. 오호, 한밤중 러브신이라. 가로등 불빛 때문인지 꽤 로맨틱했다.

근데 좀 이상했다. 나와 무관하지 않은 것 같은 그림이었다. 여자는 밑단이 양털로 되어 있는 짧은 반바지에 검은 스타킹, 워커형 앵글부츠를 신었다. 어? 저건……. 그때 남녀가 떨어지면서 여자가 고개를 돌렸다. 헉! 순간 내 눈을 의심했다. 설마 했는데 세라가 맞았다. 세라가 정원 쪽을 향해 침을 뱉었다. 뭐야? 저 행동은. 둘은 다시 엉겨 붙어 키스를 했다. 남자의 손이 점점 세라의 엉덩이와 허벅지로 내려가고 있었다. 가늘고 긴 다리를 한껏 뽐낸 아찔한 각선미가 위태롭고 애처롭게 느껴졌다. 그때 어디선가 '휘익' 휘파람 소리가 들려왔다. 나는 얼른 베란다 창을 닫아 버렸다. 다시 고개를 내밀어 창밖을 내다볼 엄두가 나지 않았다. 아니, 처음부터 보지 말았어야 했다. 다시 머리가 지끈거리기 시작했다.

나는 보일러 온도를 조금 높이고 두꺼운 솜이불을 꺼냈다. 푹 자고 나면 좀 나아질 테니까. 눈을 감았다. 세라의 엉덩이와 허벅지를 더듬던 남자의 손이 떠올랐다. 문득 남자의 정체가 궁금해졌다. 고딩? 대딩? 세라 정도면 어떤 남자를 사귈까? 세라 정도면, 이라니. 어이가 없어 피식 웃음이 나왔다. 침을 찍 내뱉던 세라 얼굴이 떠오른다. 콩깍지가 씌면 그런 행동도 예뻐 보이나? 하필이면 우리 집 앞이라니. 희미해졌던 불길함이 다시 선명해지고 있었다. 문득 잊고 있던 일마저 떠올랐다.

"과외 선생 따돌리고 왔어. 정확히 말하면 우리 아빠 앞잡이지. 혹시 너한테 전화 오면 적당히 둘러대. 할 수 있지?"

그날 밤도 세라는 제 할 말만 하고 휘릭 사라졌었다. 째깍째깍 터지기 직전의 폭발물 같은 얼굴이었다. 다음 날 세라는 학교에 결석을 했고 나는 담임에게 불려 갔다.

"세라 부모님이 너에게 화가 많이 나 계셔. 당장 학교에 찾아오신다는 걸 내가 말렸다. 하긴 세라가 폭주족이랑 어울리는 건 나도 상상이 안 되는구나. 네가 세라를 불러냈다면서?"

담임이 조심스럽게 물었다. 폭주족은 나와도 어울리지 않으니 당연했다. 하지만 그 질문에는 내 주변엔 폭주족이 있을 수 있다는 전제가 깔려 있어 불쾌했다. 나는 시종일관 묵비권을 행사했다. 물론 효력은 있었다. 내 불쾌함을 표출하는 데에도 그만한 게 없었으니까. 곤혹스럽기는 담임도 마찬가지였을 거라 짐작된다.

세라는 씩씩한 얼굴로 다시 학교에 나타났다. 나는 아무것도 묻지 않았다. 십 대가 공부만 하라고 있는 시절은 아니지 않은가. 그만한 이유가 있을 거라 생각했다.

여기까지 생각하고 나는 고개를 흔들었다. 지난 일을 떠올리니 더 불길해졌다. 아무것도 안 본 거야. 아무것도, 아무것도. 나 자신에게 주문을 걸었다. 더는 세라와 엮이고 싶지 않았다.

철커덕! 현관문이 거칠게 열리며 찬바람이 들어왔다. 벌떡 일어나 고개를 돌렸다. 순간 심장이 멎는 줄 알았다. 어느새 날은 훤히 밝아 있었고, 어른 두 명이 갑작스레 집에 들이닥

친 것이다. 그보다 문을 열어 준 사람이 세라였다. 뭐야, 저 계집애. 언제, 어떻게 들어왔지? 소름이 쫙 돋았다.

"너, 너너너 어제……?"

나는 눈을 동그랗게 뜨고 손가락으로 세라를 가리켰다.

"우리 엄마 아빠야. 나 데리러 왔어."

저 당당함은 뭐야? 나는 늘어질 대로 늘어져 가슴골이 훤히 드러난 셔츠에 추리닝 바지를 입고 있었다. 불쾌하고 황당했다. 세라는 내가 어젯밤 일을 알고 있다는 걸 눈치채지 못한 것 같았다.

"너냐? 자꾸 우리 애를 불러내는 게?"

아줌마가 집 안을 휘둘러보며 인상을 찌푸렸다.

"제가 언제요?"

내가 쏘아붙이자 의심을 품은 아줌마의 눈동자가 나와 세라 사이를 분주하게 오갔다. 그사이 아저씨는 화장실, 세탁실, 베란다를 뒤지고 다녔다. 나는 폭발 직전이었다. 눈치를 보고 있던 세라가 잽싸게 나섰다.

"혼자 어렵게 사는 불쌍한 애란 말이야. 얘, 이상한 애 아니야."

"지금, 지금 나보고 불쌍한 애라고 했니?"

"너, 어제도 알바비 못 받아서 속상해 했잖아. 내가 너 위로해 주려고 온 거고, 늦었으니까 자고 가라고……. 맞잖아."

천하의 세라가 말꼬리를 흐리신다? 내가 세게 나와서 당황한 모양이었다.

"난 네가 더 불쌍해!"

나는 비꼬듯 입꼬리를 올렸다. 아저씨가 세라와 나를 노려보았다. 세라는 아줌마 팔에 바짝 붙어 서선 어린애처럼 몸을 배배 꼬며 말했다.

"엄마, 지난번에 문자 보냈던 애도 쟤야. 물어봐!"

오호라, 목적이 그거였군. 어이가 없었다. 대답할 가치도 없어 보였다.

"사실대로 말하면 되니?"

나는 널브러져 있는 이불을 개며 말했다. 일부러 세라 눈을 피했다. 어떤 표정일지 궁금했지만 세라를 괴롭힐 생각은 아니었으니까. 나도 시간을 조금 벌어야 했다. 말라비틀어진 통닭과 피자를 치우고, 바닥에서 뒹굴던 맥주 캔들을 싱크대에 던져 넣었다. 깡통 부딪히는 소리가 요란하게 울렸다. 꼭 내 마음을 대변하는 것처럼. 그 순간 기다렸다는 듯이 문자 알림음이 울렸다. 엄마였다.

—딸, 일어났냐? 엄마 지금 가는 중이다.

-응응^^

나는 짧은 답신을 보냈다. 차마 세라 얘기는 하지 못했다.

아줌마와 세라가 아저씨 눈치를 살피는 걸 흘끗 보았다. 아저씨는 먹이를 찾는 하이에나 같았다. 의심의 눈초리를 거두지 않았다. 그 대상이 나인지, 세라인지 헷갈릴 뿐이었다. 왠지 기분 나쁜 눈빛이었다.

더 봐줄 필요도, 생각할 필요도 없었다.

"세라야, 이제 그만 나가 주겠니? 네 일은 네가, 꺄악!"

세라가 저만치 나가떨어졌다. 순식간에 일어난 일이었다. 나한테 달려드는 줄 알았는데 아니었다. 아저씨가 세라 머리채를 잡아 흔들었다.

"악 악 아아악!"

세라 입에서 끊임없이 비명이 새어 나왔다. 아줌마가 세라를 감싸 안았다. 그런 아줌마를 아저씨가 발로 걷어찼다. 아줌마가 옆으로 픽 쓰러졌다. 세라가 고개를 홱 젖히더니 제 아빠를 무섭게 노려보았다. 저러다 또 맞으면 어쩌지? 나는 겁이 나서 온몸이 덜덜 떨렸다.

"집에만 들어가면 숨 막혀 죽을 것 같아. 언제까지 아빠가 원하는 대로 살아야 해? 내가 꼭두각시야!"

"뭐!"

아저씨가 사정없이 세라 뺨을 후려쳤다. 더 이상 구경만 할 수는 없었다.

"세라가 뭘 잘못했다고 그러세요!"

어느새 나는 세라를 껴안고 있었다. 나도 세라도 바들바들 떨었다. 그때 휴대 전화가 울렸다. 액정에 '울엄마'라는 글자가 번쩍거렸다. 아저씨가 무표정한 얼굴로 휴대 전화를 내려다보았다. 나는 얼른 전화를 받았다.

"엄마, 친구가 놀러왔다가 지금 간다고 해서. 응? 중학교 때 친구. 나? 씻지도 않았어. 그냥 집에서 해 먹자. 응, 으응. 알았어요."

당장 엄마에게 미주알고주알 떠벌리고 싶은 걸 꾹 참고 전화를 끊었다. 전화를 받는 동안에도 아저씨는 눈동자를 굴리며 촉각을 곤두세웠다. 도무지 속을 알 수 없는 표정이었다.

"어제 우리 애랑 같이 있었냐?"

아저씨가 섬찍한 목소리로 물었다.

"어제 저녁에 같이 있긴 했는데요……."

"네가 자고 가라고 붙잡았잖아. 혼자 있는 거 무섭다며. 그렇지?"

세라가 대뜸 되물었다. 나는 얼른 세라를 밀어냈다. 이만큼 도와줬으면 됐잖아. 더 이상은 너무하잖아. 내 표정은 이렇게 말하고 있었지만 내 입은 "응."이라고 말하고 있었다.

"들었어요? 맞대잖아. 어렵고 불쌍한 애 도와주고 싶었던 모양인데 의심이나 하고. 딸내미 망신 주니까 좋아요? 내가 창피해서 얼굴을 들 수가 없어!"

아줌마가 화를 냈다. 정말 개념 없는 가족이었다. 개매너도 모자라 뻔뻔하기까지 했다.

"오해 푸셨으면 이제 나가 주시겠어요? 엄마가 오고 계시거든요."

단호한 내 말투가 거슬렸는지 아줌마가 나를 위아래로 훑어보며 말했다.

"앞으로 이런 애랑 놀지 마라."

네. 제발 그러길 바라요. 대꾸도 하고 싶지 않았다. 나는 현관으로 저벅저벅 걸어가 현관문을 활짝 열어젖혔다. 아저씨가 눈을 가늘게 뜨고 날 쏘아보았다. 그 정나미 떨어지는 눈빛 때문인지 찬바람 때문인지 온몸이 바르르 떨렸다. 아줌마가 아저씨 등을 떠밀며 재촉했다. 아저씨가 먼저 쌩하니 나갔다. 적어도 미안하다는 사과 정도는 해야 하는 거 아니야? 이런 내 마음을 알면서도 세라는 내 눈을 피하며 제 엄마 꽁무니를 따라나섰다.

그때 현관을 나서던 아줌마가 누군가에게 신경질적인 목소리로 따지듯이 말했다.

"뭐예요? 구경났어요?"

"엄마!"

당황한 건 나였다. 현관문 앞에 선 엄마는 뒷걸음질 쳐서 호수를 확인하고 또 확인했다. 집을 잘못 찾은 게 아니라는 걸 확인한 엄마가 되물었다.

"뭐냐고? 나요? 재 껍데기요. 내가 내 알맹이 쳐다보는데 뭐 잘못됐어요? 당신들이야말로 남의 집에서 뭐하는 거요?"

그제야 아줌마와 아저씨가 당황했다. 세라를 바라보는 아저씨 눈동자가 서늘해졌다. 눈치 빠른 세라가 제 부모를 잡아끌며 재촉을 해 댔다. 아저씨가 눈을 부라리며 세라를 좇아갔다. 낌새를 챈 아줌마도 바쁘게 총총총 따라갔다. 또각또각, 뚜벅뚜벅, 떼거덕떼거덕. 복도를 돌아나가는 구두 소리가 시끄럽게 울려 댔다. 불현듯 아저씨의 고함소리가 들렸던 것도 같다. 모른 척했다. 거짓말은 또 다른 거짓말을 낳을 테니까. 더 이상 세라에게 휘둘리고 싶지 않았다.

나는 조용히 비밀번호를 바꾸고 현관문을 닫았다. 한낮인

데도 불구하고 하루를 마감하는 기분이었다.

"엄마, 제발 껍데기, 알맹이 뭐 이런 말 좀 안 하면 안 돼?"

나는 괜한 트집을 잡으며 엄마 눈치를 봤다. 엄마가 '저 사람들 뭐야?' 하고 눈빛으로 물었다. 나는 엄마에게 하나도 빠짐없이 말했다. 엄마는 의외로 덤덤했다. 다시는 어울리지 말라는 말조차 하지 않았다. 하지만 나는 엄마 눈빛과 표정만 봐도 안다. 네가 도와줄 만하니까 도와줬겠지, 대신 책임도 스스로 지는 거다, 이런 뜻이라는 걸.

나는 엄마의 침묵이 때로는 참 고맙다. 우리는 아직 어른은 아니지만 감정적이고 불완전하고 세상에 대한 호기심도 많다. 친구들과 놀다 보면 늦게 다닐 수도 있고, 예쁘게 보이고 싶어서 교복을 줄여 입고 화장을 하기도 한다. 때로는 답답하고 짜증 나서 가출도 결심하고, 잘못된 일인 걸 알면서도 술과 담배를 가까이 하고, 속도감에 빠져 오토바이 폭주를 즐기기도 한다. 그게, 우리다.

그래서 나는 세라를 어느 정도는 이해한다. 하지만 세라가 깨닫지 못한 게 있다. 그런 행동에 따르는 모든 책임도 스스로 져야 한다는 것 말이다. 우린 더 이상 부모 울타리 속에 있는 어린아이가 아니다. 언제까지 부모를 속이고 또 부모가 해결사 노릇을 해 줄 수는 없는 것이다. 언젠간 세라도 이걸 알게 될 거다. 나 역시 더 이상 공모자 아닌 공모자는 되지 않으리라. 하룻밤 사이에 생각이 많아졌다. 어제와는 조금 다른 내가 된 것 같았다.

야호! 드디어 밀린 알바비를 받아 냈다. 나는 개학과 동시에 봄 방학을 손꼽아 기다리고 있다. 그동안 모은 돈으로 제주도 2박 3일 여행을 다녀오려고 한다. 배를 타고 갈까? 비행기를 타고 갈까? 나는 요즘 틈만 나면 인터넷을 뒤지며 여행 정보를 알아보고 있다. 생애 첫 자유 여행! 생각만으로도 설렌다. 남은 고등학교 생활은 열공할 각오가 되어 있다. 그러기 위해서라도 지금 잘 놀아야 한다. 이번 여행이 특별할 수밖에 없는 이유이다.

학교 앞 정류장은 아이들로 복작복작했다. 버스 맨 뒷자리에 앉자마자 온몸이 나른해졌다. 차창에 머리를 기대고 눈을 감았다. 옆구리에서 휴대 전화 진동이 느껴졌다. 얼른 주머니를 뒤적여 전화기를 꺼냈다. '윤세라' 이름이 액정에 떴다. 전화기의 진동이 손바닥에서 팔뚝을 타고 가슴으로 전해졌다. 찌르르 통증이 느껴졌다. 나는 전화를 받지 않았다.

부재중 전화 세 통. 모두 세라였다. 나는 단번에 수신 거부

버튼을 눌렀다. 그것도 모자라 연락처를 검색해서 삭제 버튼을 눌렀다. '삭제할까요?' 당연히 '네'를 선택했다. 버스는 망설임 없이 달리고 있었다.

커피 공방은 금방 찾았다. 빨간색 차양에 검정색 고딕체로 커다랗게 새긴 글씨 덕분이었다. 차양 끝에서 반원 모양의 장식이 바람에 연신 펄럭거렸다. 나는 꽁꽁 언 손을 입김으로 녹이며 카페 안을 기웃거렸다. 실내는 단출하게 꾸민 트리 장식과 은은한 조명이 어우러져 신비한 분위기를 자아냈다. 따뜻하고 아늑해 보였다.

–바자회 놓치면 두고두고 후회할 거다.

대체 뭘 후회한다는 거지? 나는 지평이가 보낸 문자를 떠올리며 카페 안을 두리번거렸다. 아무리 둘러봐도 그냥 카페였다. 그럼 그렇지. 하마터면 낚일 뻔했잖아. 괜히 부아가 치밀어 올랐다.

조용히 돌아서려는 찰나, 카페 문이 벌컥 열렸다.

"류진우! 바자회에 관심 없다더니 왔네."

"어, 권지평. 크리스마스이브잖아. 그, 그냥 구경 왔어."

'자식, 멋진데.' 나는 목구멍까지 올라온 말을 꿀꺽 삼키며 안으로 들어갔다. 지평이는 청바지에 흰 셔츠, 검정색 앞치마 차림이었다. 교복을 벗으니 제법 어른스러워 보였다.

"형, 제가 말했죠? 전교 일등을 놓치지 않는다는 공부 벌레."

"엄마가 더 유명하다는 친구?"

지평이가 곤란한 듯 머리를 긁적였다. 나는 지평이를 째려보았다.

"사장님이셔, 인사해. 내가 전에 말했던 그 형이야."

지평이가 부러 유쾌한 표정을 지으며 말했다.

내가 사장이라는 형과 인사를 나눌 때였다. 종소리가 경쾌하게 울리며 카페 문이 열렸다. 어색함을 몰아내는 반가운 소리였다. 나도 모르게 고개가 홱 돌아갔다.

"아이 추워!"

그녀가 내뱉은 첫마디였다. 하얀 피부에 커다란 눈, 적당히 큰 키, 긴 머리. 마치 인기 걸 그룹 멤버 한 명이 걸어 들어오는 듯했다. 아니, 그보다 더 눈부셨다. 순간 찌릿한 전율이 온몸을 훑고 지나갔다. 그녀가 제집처럼 들어와서는 내게 시선을 멈추었다. 그리고 호기심 가득한 눈으로 "누구?" 하고 물었다.

지평이가 나섰다.

"우리 반 회장 류진우. 네가 궁금해 했던."

"아아, 마마보이? 안녕, 난 심석여고 1학년 도혜지야."

그러고는 팩 돌아서서 바자회 물건이 진열된 곳으로 걸어갔다. 갑자기 카페 안의 모든 소음이 정지된 듯했다. 내 머릿속에는 오직 '마마보이'라는 단어만 둥둥 떠다녔다. 당황한 건 오히려 지평이었다.

"바자회 물건 구경해. 필요한 거 있으면 사고. 코코아 마실래?"

지평이가 창가 쪽으로 안내하며 호들갑을 떨었다.

"커피 줘. 돈 내고 마실 거니까."

사나이 자존심에 코코아라니. 혜지가 보고 있을 거라 생각하니 괜히 어깨에 힘이 들어갔다. 나는 잠바를 벗어 창가 자리를 잡아 놓고 바자회 물건을 구경했다. 그새 지평이는 다른 사람과 인사를 나누고 있었다.

나는 건성건성 물건을 구경하다 벽면 책꽂이 앞에서 걸음을 멈추었다. 커피 관련 제목의 책들은 있을 법하더라도 청소년소설, 문학잡지들은 의외였다. 내가 책꽂이에 한눈을 파는 사이 누군가 "얘!" 하며 어깨를 톡톡 쳤다. 화들짝 놀라 돌아섰다. 혜, 혜지였다. 나는 눈을 어디에 둬야 할지 몰라 괜히 먼전만 바라보았다.

"이거 내가 직접 짠 거야. 두 번 둘렀나? 새 거나 마찬가진데 살래? 삼천 원."

혜지가 내 눈에다 손가락 세 개를 들이댔다. 얼굴이 홧홧 달아올랐다. 들키지 않으려고 돌아섰다. 마침 지평이가 커피를 들고 다가왔다.

"야, 네 친구 바자회 물건 좀 사라고 해."

혜지가 지평이에게 볼멘소리를 했다. 내가 외면했다고 오해한 것 같았다. 나는 주머니에서 주뼛주뼛 천 원짜리 세 장을 꺼내어 내밀었다. 혜지가 냉큼 돈을 받으며 비닐봉지에 목도리를 담아 주었다. 그러고는 쌩하게 자기 자리로 돌아갔다. 사람들이 하나둘 모여들었다. 혜지는 더 바빠졌다.

"우리 반 애들 다 초대 안 했어?"

"열 명 정도 초대했는데 안 오네. 못 올 줄 알았던 너는 오고."

차마 그냥 가려다 덜미를 잡혔다고는 못하겠다. 나는 얼른 말을 돌렸다.

"근데 카페에서 웬 바자회냐?"

"사장 형이 지역 일에 관심이 많아. 봉사 활동도 많이 하고. 너 같은 마마보이는 이해 못하겠지만."

어쭈, 자꾸 내 속을 긁는단 말이지. 나는 짐짓 태연한 척 커피 한 모금을 마시고 찻잔을 내려놓았다. 쓴맛이 입안에 퍼졌다. 당장 설탕 시럽을 타고 싶은 걸 꾹 참으며 꿀꺽 삼켰다. 지평이가 내 표정을 유심히 보고 있었기 때문이다.

"내가 핸드 드립으로 내린 거야. 인도네시아가 원산지인 만델린이라는 원두인데 쓴맛 속에 단맛이 느껴질 거야. 바디감이 좋지?"

오호, 전문 용어가 술술. 자식 문자 쓰고 있네. 남아프리카 지도자 만델라는 아냐? 나는 비위가 뒤집히는 걸 꾹 참으며 고개를 끄덕였다.

"슈퍼 개 삼 년이면 계산을 한다더니 제법이다."

내가 비꼬듯 말했다. 틈만 나면 한 방 먹일 작정이었는데 기회가 온 것이다. 어라, 되레 기분 좋게 한 거야? 지평이 입이 귀에 걸렸다. 지평이가 눈빛을 반짝이며 의자를 바짝 잡아당겼다. 그러고는 느닷없이 자기 얘기를 늘어놓기 시작했다.

"난 바리스타가 꿈이야. 여긴 단순히 커피를 파는 곳이 아니고 바리스타 과정을 가르치는 곳이야. 물론 무료야. 요즘은 로스팅을 배우는데 아주 죽인다니까."

"로스팅?"

"생두를 볶는 기술. 저쪽에 기계 보여?"

지평이가 금빛 쇳덩어리로 만들어진 근사한 기계를 가리켰다. 긴 원통이 바깥으로 이어진 게 꼭 난로 같았다. 장식으로도 효과가 충분해 보였다.

"원두를 볶는 과정과 볶는 시간에 따라 커피의 맛과 향이 달라져."

"볶으면 볶는 거지. 과정은 또 뭐야?"

"프라이팬에 직접 볶기도 하는데, 기계로 볶는 경우도 방식에 따라 커피 품질이 좌우되거든."

"오…… 그래?"

내 눈은 혜지를 좇고 있었다. 당연히 지평이 말이 귀에 들어오지 않았다. 물론 지평이 말을 도통 알아들을 수 없기도 했다. 혜지 옆에 일행이 몇몇 더 붙었다. 자꾸 신경이 쓰였다. 그것도 모르고 지평이는 침을 튀기며 열변을 토했다.

"보통은 생두를 회전하는 원통에 넣고 약 160도와 230도

사이에서 10분, 20분 정도 볶거든? 이때 처음에는 회전하는 통 속에서 생두가 오그라들어. 그러다 시간이 경과하고 온도가 높아지면 다시 팽창하면서 부피가 커지고 무게는 감소하게 되는 거지.”

넌 바쁘지도 않냐? 나는 지루한 표정을 그대로 드러내며 사방을 두리번거렸다. 특이하게도 여기에 온 손님들 대부분이 직접 커피를 내려 마셨다. 지평이가 말한 핸드 드립이 뭔지도 알 것 같았다. 이렇게 자유로운 분위기의 카페가 동네에 있었다니. 시간이 지날수록 들락날락하는 사람들도 점점 많아졌다. 바자회도 무르익었다. 지금쯤 교회 성탄 철야예배도 무르익고 있을 것이다.

“천천히 마시고 가라.”

자기 말을 경청하지 않는 걸 눈치채고 지평이가 일어서려 했다. 나는 얼른 지평이를 잡아 앉혔다.

“저기 혜지랑 같이 있는 애들도 아는 애들이야?”

“쟤들? 같이 스터디 하는 애들이야.”

“스터디? 너희끼리?”

“서로 잘하는 과목 가르쳐 주는 품앗이지 뭐. 너 들어오면 딱인데.”

“날마다?”

"일주일에 세 번. 형이 장소를 제공해 주니까."

"혜지는?"

지평이가 묘한 웃음을 날리며 눈을 가늘게 떴다. 들켰나? 가슴이 뜨끔한 순간이었다.

"혜지 예쁘지? 성격도 완전 좋아. 볼매라니까."

그러면서 눈을 찡긋하는 게 아닌가. 볼수록 매력 있다……. 동문서답이었지만 알짜 정보였다.

"너랑 혜지랑 사귀냐? 엄청 친해 보이는데."

"아, 아니야. 그냥 친구야."

오오, 바람직한 관계군. 일단 접수!

"스터디에 나도 껴 줄래?"

내가 빈말 던지듯 툭 던졌다.

"정말? 우등생이 들어오면 우리야 좋지."

생각보다 쉬웠다. 나는 식은 커피를 보리차 마시듯 죽 들이켰다. 아까와는 달리 커피가 달았다. 그런 나를 지평이가 흐뭇하게 바라보았다.

"내일부터 당장 나와. 거 봐, 안 오면 후회할 거라고 했지? 근데 너희 엄마 괜찮겠냐?"

"방학이잖아. 그리고 너 자꾸 우리 엄마 들먹일래? 콱 그냥."

내가 덤빌 태세로 따지자 지평이가 손사래를 치며 일어섰다.

"저쪽에서 나 부른다. 필요한 거 있음 불러."

그때 주머니 속에서 휴대 전화가 연달아 울려 댔다. 과외 끝나고 곧장 교회로 오라던 엄마 말이 떠올랐다. 지평이는 인사를 주고받느라 바빠 보였다. 나는 그런 지평이 모습이 낯설면서도 부러웠다.

어느새 카페는 사람들로 북적거렸다. 자리를 차지하고 있는 게 미안할 정도였다. 나는 잠바 옷깃을 여미고 목도리를 꺼내 목에 칭칭 감았다. 혜지가 봐 주기를 기대하면서. 그사이 지평이는 혜지 옆에서 수다를 떨고 있었다.

"갈게. 내일 보자."

나는 지평이를 향해 손을 흔들며 성큼성큼 걸어 나왔다. 지평이가 팔을 번쩍 들어 답례를 했다. 밖으로 나오자 찬바람이 칭칭 두른 목도리를 뚫고 살 속으로 파고들었다. 나는 목도리에 얼굴을 파묻었다. 혜지의 살결이 닿았던 목도리. 생각만으로도 심장이 두근거렸다.

다음 날 나는 약속 시간보다 일찍 카페에 도착했다.

"진짜 왔네?"

지평이가 테이블을 닦다 말고 멈칫했다. 정말 기대를 안 한 표정이었다.

"그럼 진짜 오지, 가짜로 오냐?"

내가 면박을 주었다.

"너희 엄마가 허락 안 할 줄 알았는데. 너 엄마 말 잘 듣잖아."

"이 자식이……."

카페 문이 벌컥 열리며 사장 형이 들어왔다. 참자, 참는 자에게 복이 있나니. 지평이가 스터디 애들에게 나를 어떻게 말했을지 짐작이 가고도 남았다. 혜지가 쌀쌀맞게 내뱉었던 '마마보이'란 말이 떠올랐다. 부아가 치밀어 올랐지만 작전상 일단 후퇴. 지평이 너, 두고 봐. 나는 마음을 가라앉히고 사장 형에게 꾸벅 인사를 했다.

"진우라고 했지? 지평이 보러 왔구나."

사장 형이 바 안으로 들어가며 말했다.

"형, 진우도 같이 스터디 하기로 했어요."

사장 형이 아무 말 없이 리모컨으로 오디오 볼륨을 높였다. 거절인가? 괜스레 긴장이 되어 입술이 바싹바싹 탔다. 나는 사장 형의 표정을 살피며 까칠하게 튼 입술을 물어뜯었다.

"그래? 잘됐네."

그게 전부였다. 성대한 환영식을 기대한 건 아니었지만 좀 머쓱했다. 아니, 다행이었다. 어쨌든 거절하진 않았으니까.

"진우야, 조금만 기다려. 지금 나 커피 개인 교습 시간이거든."

지평이가 커피 도구들을 정돈하며 말했다. 나는 문학잡지 하나를 꺼내어 입구가 훤히 보이는 구석 자리에 앉았다. 혜지 일행이 오긴 오는 건가? 속을 보이는 것 같아 묻지는 못하고 계속 창밖만 힐끗거렸다.

"지난번에 배웠던 거, 모카 포트 커피 추출 다시 해 봐."

사장 형의 말에 지평이가 포트 같은 걸 꺼냈다. 저게 모카 포트구나. 나는 유심히 지평이가 하는 걸 지켜봤다. 지평이가 가스레인지에 불을 켰다. 불의 세기를 조절하는 지평이 얼굴이 사뭇 진지했다.

"불을 너무 늦게 끄면 쓴맛이 강해지니까 타이밍을 잘 맞춰라."

사장 형이 예리하게 지켜보며 말했다. 말하기 좋아하는 지평이가 입을 다물고 뭔가에 저토록 집중한다는 게 신기했다. 모른 척하고 싶어도 자꾸 시선이 갔다. 자연스레 학교 수업 시간의 지평이 모습이 오버랩 되었다.

"맨 뒤에 너, 그래 너 나와서 풀어 봐라."

수학이 지평이를 지목했다.

"다른 사람 시키면 안 될까요? 저는 안 풀고 싶은데요."

"뭐? 이유가 뭐지?"

"안 풀어도 사는 데 지장이 없을 거 같아서요."

풉, 푸훗, 여기저기서 웃음소리가 새어 나왔다. 수학의 표정이 점점 굳어졌다.

"수학 문제 풀기 싫은 놈이 내 시간에 왜 앉아 있나?"

"그러게요."

지평이가 꼬박꼬박 말대답을 했다. 갑자기 교실 안에 싸늘한 냉기가 흘렀다. 피식거리던 아이들도 입을 꾹 다물었다.

"그럼 내 수업 시간에 앉아 있지 말든가."

수학이 교탁에서 성큼성큼 걸어 나오며 시비조로 말했다.

"알겠습니다."

지평이가 쿨하게 대답하며 일어섰다. 아이들이 일제히 지평이를 바라보았다. 나도 처음엔 장난인 줄 알았다. 그런데 녀석의 표정이 제법 진지했다. 수학도 어이가 없는지 헛웃음만 내뱉었다. 지평이가 사뿐히 걸어 나갔다. 교실 문을 닫기 전에 공손하게 인사하는 것도 잊지 않았다. 그게 수학을 더 열 받게 했다.

“회장! 앞으로 내 시간에 저 녀석 못 앉아 있게 해. 알았나!”

나는 기어들어가는 소리로 “네.” 하고 대답했다.

그 후 지평이는 수학 시간이면 소리 소문 없이 사라졌다가 쉬는 시간에 나타났다. 수학도 자신이 뱉은 말이 있어 지평이를 문제 삼지 못했다. 대신 시험 기간을 들먹이며 이를 바득바득 갈았다.

“메리 크리스마스!”

카페 문이 요란하게 울리며 아이들이 와르르 몰려들었다.

“지평이가 실습한 카푸치노 내 거.”

“나뭇잎 모양 선명한 것 좀 봐. 지평아, 너 라떼 아트 실력도 죽인다야!”

“나도 한 입만. 으으으윽, 따뜻해!”

아이들이 왁자글 웃어 댔다. 여자 셋이 모이면 접시가 깨진다더니. 카페 안이 갑자기 여자애들 수다로 소란스러워졌다. 커피 수업은 그것으로 끝난 모양이었다.

혜지가 안 보였다.

“혜지는?”

지평이가 먼저 물었다.

"혜지? 어, 크리스마스라고 가족들이랑 영화 보러 간다던데?"

일행 한 명이 더듬거리며 말했다. 가는 날이 장날이라더니 웬 날벼락. 내 몸에서 기운이 스멀스멀 빠져나가는 것 같았다.

"얘들아, 우리 반 회장 류진우. 오늘부터 스터디 같이하기로 했어. 진우야, 얘들은 혜지랑 같은 학교 친구들, 인사해. 너 있으니까 이제 나도 든든하다야."

혼자 많이 든든해라. 갑자기 모든 의욕이 상실된 듯했다. 호기심 가득한 아이들 시선이 부담스럽기만 했다.

"마마보이, 안녕! 지평이한테 네 얘기 많이 들었어."

좋은 말은 하나도 안 했겠지. 나는 대꾸조차 하기 싫어서 벌떡 일어났다.

"으응. 오늘은 인사만 하고 다……."

흡! 순간 숨이 멎는 줄 알았다. 딸그랑딸그랑. 카페 문이 열리더니 혜, 혜지가 나타났다. 나는 다음에 보자는 뒷말을 홀랑 삼켜 버렸다. 다시 심장이 벌렁거리기 시작했다. 혜지는 갑자기 불어닥친 바람 때문에 산발이 된 머리카락을 입으로 후우 불며 들어왔다. 그러고는 케이크 박스를 들어 올렸다.

"미안. 이거 사느라 좀 늦었어."

순간 내 머릿속이 복잡해졌다. 나를 위해 깜짝 파티를 준비한 거야? 그래서 다들 시큰둥했구나. 역시, 류진우 아직 죽지 않았어. 나는 멋지게 속아 주기 위해 머리를 굴렸다. 표정 관리가 되지 않았다. 티 나게 좋아하면 촌스럽겠지? 내가 안절부절못하는 사이 케이크 세팅이 끝났다. 사장 형이 초에 불을 붙였다.

'환영해 줘서 고마워.'

나는 맘속으로 멋진 인사말을 되새겼다. 단번에 촛불을 끌까? 아니면 하나씩? 일단은 모른 척하자. 나는 카페 안을 두리번거리며 딴청을 부렸다. 자꾸 웃음이 나오려 했다.

"생일 축하합니다! 생일 축하합니다!"

엥? 이건 무슨 시추에이션.

"사랑하는 지평이, 생일 축하합니다!"

오, 마이 갓! 김칫국 제대로 마셨다.

훅!

지평이가 촛불을 껐다.

빵 빵 빵!

폭죽이 터졌다.

생일 축하 노래란 노래는 죄다 찾아왔는지, 아이들의 축하송 메들리는 끝도 없이 이어졌다. 지평이 자식, 전생에 나라라도 구한 거야? 매번 주목을 받는 것도 재주야 재주, 젠장!

중간고사 점수를 발표하던 날도 이런 분위기였다.

"이번 수학 시험이 꽤 어려웠던 걸로 안다. 1학년 전체에서 90점 이상이 다섯 명밖에 없다. 그중 두 명이 이 반에서 나왔다."

수학의 얼굴이 어두웠다. 평균 점수가 낮아서 그런가 보다 했다.

"류진우……."

교실엔 정적이 감돌았다. 내 이름이 불리는 건 아이들에겐 별로 놀라운 일도 아니었다. 나는 물끄러미 수학을 바라보았다. 아이들은 다음에 불릴 이름에 귀를 쫑긋 세웠다.

수학이 눈으로 교실을 한 바퀴 둘러보았다. 지평이 자리는 여전히 비어 있었다. 수학이 교탁 위로 시선을 떨구었다. 이걸 발표해, 말아. 내키지 않아 보였다. 아이들은 그의 입만 보고 있었다. 수학이 결심한 듯 마른침을 삼켰다.

"권지평."

짧고 건조한 한 마디. 수학은 복잡한 심정을 그대로 드러냈다.

와아아아!

교실이 술렁거렸다.

지평이는 개선장군처럼 웃으며 돌아왔다.

아이들 표현을 빌리자면 수학이 지평이에게 무릎을 꿇은 셈이다. 공부 벌레, 노력파, 우등생. 나를 따라다니는 수식어들이 무색해진 날이었다. 아이들은 나와 지평이를 저울질하기 시작했다. 내가 죽어라 노력해서 지켜 내는 것들을 지평이는 맘먹으면 언제든 해낼 수 있는 것처럼 떠들어 댔다.

"진우는 엄마가 관리해 주는 우등생이잖아. 지평이가 맘만 먹으면 치고 올라갈걸."

그렇게 나는 마마보이가 되었고, 우리는 라이벌 아닌 라이벌이 되었다. 상위권이라고 다 같은 상위권인가. 나는 녀석을 상대하지 않는 것으로 대답을 대신했다.

"카라멜 마끼아또는 생일 서비스다."

"우우우, 사장 오빠 짱!"

아이들이 난리를 피웠다. 혜지는 내가 없는 것처럼 행동했다. 내가 싫은가?

"참, 혜지야. 진우도 스터디에 합류하기로 했어."

지평이 말에 혜지는 놀라지도 않았다. 대수롭지 않은 듯 어깨를 한 번 으쓱해 보였을 뿐 내가 예상한 반응은 아니었다. 이상하게 서운했다.

"공부는 안 해?"

내가 소심하게 끼어들었다.

"크리스마스 날 공부는 무슨 공부냐. 지평이 생일이니까 영화 보러 가자."

혜지가 내 눈을 정면으로 보며 말했다. 얼굴이 화끈거렸다. 아이들이 '콜!'을 외치며 수선을 피웠다.

"지금 밖에 눈 내리는 거야?"

혜지가 창밖을 가리켰다. 모두들 창가에 코를 대고 하늘을 올려다보았다. 진짜 눈, 눈이 내리고 있었다. 눈송이가 점점 굵어졌다.

"지평아, 하늘이 너를 축복해 준다야!"

"We wish you a merry Christmas!"

아이들이 잔뜩 들뜬 목소리로 외쳐 댔다. 이런, 된장 고추장 쌈장 같은 놈. 주는 것 없이 미운 자식을 꼽으라면 단연 지평이일 것이다.

"뭐 해? 나가자! 안에서 구경만 할 수는 없잖아."

아이들이 우르르 몰려 나갔다.

"지평아, 여기 걱정 말고 애들이랑 놀아라."

사장 형도 덩달아 붕 뜬 목소리로 말했다. 내 눈은 여전히 혜지를 좇아갔다. 그러다 지평이를 흘끗 보게 되었다. 녀석이 슬쩍 눈가를 훔치는 게 아닌가. 의아스러웠다. 하필 나한테 들킬 게 뭐람. 나는 모른 척 밖으로 뛰어나갔다. 곧 지평이가 따라 나왔다.

아이들은 쫑알거리며 앞으로 나아갔다. 혜지가 가끔 뒤를 돌아보며 재촉했다. 그러면서 끊임없이 재잘거렸다. 하여튼 여자애들이란.

"우리 서울 갈까? 명동 어때?"

혜지가 걸음을 멈추고 홱 돌아서더니 물었다.

"홍대나 신촌!"

혜지 일행도 서로 가고 싶은 곳을 불러 댔다.

"그냥 버스 한 번만 타면 갈 수 있는 곳."

계획에 없던 거라 내가 시큰둥하게 말했다.

"그럼, 강변 시지브이 아니면 구리 롯데시네마. 어디 갈래?"

"그냥 호평동 메가박스 가자."

"아아안 돼! 크리스마슨데 이왕 노는 거 명동 콜! 영화 보고 민토 가자!"

여자애들이 쌍심지를 켜며 생난리를 쳤다. 마치 남양주와 크리스마스는 아무 상관없는 것처럼 질색을 해 댔다. 자칫하면 뭇매를 맞을 기세였다. 나는 동조하지 않을 수 없었다.

전철역 앞 정류장에 다다를 즈음엔 눈이 제법 쌓였다. 광장은 한산했다. 여자애들이 쌍심지 켠 이유를 알 것 같았다. 그 흔한 캐럴마저 울리지 않았다. 자선냄비도 서울 중심가에나 있다더니 틀린 말은 아닌 듯했다.

"저, 혜지 전화번호 좀 알려 줘라."

나는 호시탐탐 기회를 노리고 있다가 지평이에게 슬쩍 물었다. 오오오, 지평이가 집게손가락을 내 얼굴에 겨냥하며 호들갑을 떨었다. 내가 뭐 땜에 이 스터디에 들어왔겠냐? 나는 입꼬리를 올리며 머리에 쌓이는 눈을 털어 냈다. 지평이가 잠바에 달린 모자를 뒤집어쓰며 앞으로 돌진했다. 어어어어?

"혜지야, 진우가 전화번호 가르쳐 달래."

녀석의 입을 막으려고 폴짝대는데 혜지가 돌아보았다. 키도 큰 녀석이 저도 같이 폴짝폴짝 뛴다. 우 씨, 완전 굴욕이다. 죽일 놈.

퍽!

눈덩이 하나가 내 머리를 강타했다. 혜지가 저만치 도망가며 혀를 날름 내밀었다. 이게 다 너 때문이야. 나는 눈덩이를 뭉쳐 지평이에게 무차별 공격을 했다. 녀석이 머리를 조아리며 막아 냈다.

퍽퍽퍽!

아이들이 깔깔 댔다.

"버스 왔다!"

볼이 빨개진 혜지가 소리쳤다. 나는 혜지를 바로 보기가 더 민망해졌다.

그때 엄마에게 전화가 걸려 왔다. 나는 버스에 올라타며 엄마에게 자초지종을 설명했다. 그사이 혜지와 지평이가 빈 자리에 나란히 앉았다. 자식, 나한테 양보하는 센스도 없이. 혜지가 지평이에게 뭔가를 건넸다. 이어폰이었다. 한쪽은 혜지, 다른 한쪽은 지평이. 서로 보란 듯이 이어폰을 나누어 끼고 음악 감상을 했다. 나는 서둘러 전화를 끊었다. 아이들이 '마마보이'라고 합창을 했다. 지평이를 노려보았다. 지평이가 눈을 끔벅거렸다.

"넌 엄마랑 얘기도 안 하고 사냐? 이 씨!"

내가 지평이에게 주먹을 들어 보였다. 순간, 혜지의 표정이 차갑게 변했다. 지평인 고개를 돌려 창밖을 바라보았다. 뭐야, 이 분위기. 그냥 장난한 건데.

나는 스터디가 없는 줄 알면서도 커피 공방으로 달려갔다. 오늘은 기필코 지평이와 담판을 지으리라. 과외 수업을 받는 짬짬이 지평이에게 문자를 보냈지만 함흥차사였다. 감히 내 문자를 씹어?

커피 공방은 수강생들로 북적댔다. 모둠 수업 중이었다. 지평이는 보조 강사인 듯했다. 진지하게 몰입하고 있는 지평이를 보는 순간, 나도 모르게 걸음이 멈추어졌다. 왠지 카페 안은 내가 간섭할 수 없는 지평이만의 장소처럼 느껴졌다. 아니, 아니다. 내가 지금 지평이 따위를 부러워하다니. 그래, 넌 커피나 볶아라. 나는 쿨한 척 되돌아섰지만 사실 녀석을 불러낼 용기가 없었다. 이대로 집으로 돌아간다 해도 일이 손에 잡히지 않을 것 같았다.

– 알바 끝나는 대로 공원에서 만나자. 물어볼 게 있다.

전송 버튼을 누르려는데 망설여졌다. 벌써 열 번째 문자다. 녀석의 얼굴이 떠올랐다. 인정하고 싶지 않지만 진짜 바리스타처럼 보였다. 강사로서도 손색이 없는 포스였다. 내가 여자아이 때문에 전전긍긍하고 있는 걸 알면 녀석이 비웃을까? 아냐, 오늘을 넘기면 안 돼. 결국 전송 버튼을 누르고 말았다. 강습 중이라 문자 확인이 어려운 걸 알았으니 기다려 보는 수밖에.

정신을 차려 보니 날씨가 꽤 쌀쌀했다. 줄곧 속에서 불이 나는 바람에 추운 줄도 몰랐다. 혜지는 지평이와 함께 있으면 티격태격하는 모양이 영락없는 연인 같다. 어제 일만 떠오르면 자다가도 벌떡 일어나졌다. 으으 추워! 목 티를 턱까지 끌어올리고 걸음을 재촉했다.

전철역에서 한 무리의 사람들이 쏟아져 나왔다. 벌써 퇴근 시간인가? 어느새 날이 어둑어둑 저물고 있었다. 지평이는 나타나지 않았다. 답 문자도 없었다. 게다가 나는 춥고 배까지 고팠다. 내 신경은 더욱 날카로워졌다. 이 자식이! 나는 커피 공방으로 내달렸다. 전철역에서 아까보다 더 많은 사람들이 쏟아져 나왔다. 술에 취한 아저씨가 비틀비틀 걸어가고 있었다. 왠지 내 모습을 보는 것 같아 고개를 돌려 버렸다.

그때였다. 지평이와 혜지가 실랑이를 벌이는 모습을 보게 된 것은. 나는 얼른 몸을 숨겼다. 자세히 보니 혜지는 싫다고 뿌리치고, 그런 혜지를 지평이가 자꾸 붙잡았다. 뭐야, 둘이 사귀는 거였어? 어이가 없었다. 내가 보낸 문자들이 마구 떠올랐다.

– 나, 혜지 좋아해. 네가 다리 좀 놔 줄래?

– 너 혜지랑 친하니까 내 얘기 좀 잘해 줘, 인마.

– 혜지는 내가 찜했다. 넘보지 마라.

또 뭐라고 보냈더라. 아아아, 쪽팔려. 나는 머리털을 쥐어뜯으며 몸부림을 쳤다. 그사이 혜지가 저만치 걸어가고 있었다.

"그럼 내일모레 봉사 활동 때 보자!"

지평이가 혜지에게 큰 소리로 외쳤다. 혜지가 돌아보지 않고 팔을 흔들어 보였다.

봉사 활동? 이것들이 나만 빼놓고. 이건 배신, 배신이었다.

지평이가 걸어가며 휴대 전화를 꺼냈다. 머리털이 주뼛 섰다. 죽었어! 나는 냅다 뛰기 시작했다. 더는 참을 수 없었다.

"야! 권지평!"

지평이가 화들짝 놀라며 돌아섰다. 나를 발견한 녀석이 활짝 웃었다.

어라, 웃어? 웃음이 나와? 나는 쏜살같이 달려들어 헤딩을 날렸다. 지평이가 배를 잡으며 고꾸라졌다. 이때를 놓치지 않고 얼굴에도 주먹을 날렸다. 지평이가 무릎을 꿇었다. 이번엔 녀석의 등짝을 발로 걷어찼다. 지평이가 비명을 질렀다.

"악! 왜 그래!"

"몰라서 물어? 이 새끼 날 너무 만만하게 봤어. 죽었어!"

내가 주먹을 들어 올리자 녀석이 재빠르게 뒹굴어 피했다. 그 바람에 내 주먹이 시멘트 바닥을 내리쳤다.

"아아악 악 악!"

나는 주먹을 흔들어 대며 악을 썼다. 통증이 온몸으로 전해졌다.

"피, 피잖아."

지평이가 내 손을 잡으려고 했다.

"이 새꺄, 건드리지 마!"

나는 폴짝폴짝 빙글빙글 돌며 성질을 부렸다. 먼저 주먹을 날리고도 이렇게 초라한 꼴이라니. 자존심이 상했다. 손등의 피를 바지에 쓱 문지르며 앞으로 걸어 나갔다. 지평이가 쫓아오며 내 이름을 불렀다. 돌아서지 않았다.

"너 만나러 가는 길이었어!"

지평이가 뒤에서 소리쳤다. 저절로 걸음이 멈추어졌다.

"오늘 휴대 전화 확인할 시간이 없었어. 문자를 늦게 보내서 화난 거라면 미안해."

문자를 보냈다고? 나는 주머니에서 휴대 전화를 꺼내려다 그만두었다. 지평이가 앞을 막아섰다.

"너, 혜지랑 무슨 사이야. 아까 다 봤거든?"

"아아, 그거."

지평이가 머뭇거렸다. 됐다, 자식아. 더 들을 필요도 없을 것 같았다. 나는 지평이를 밀치고 나아갔다. 지평이가 다시 앞을 막아섰다.

"말할게. 너 만나러 같이 가자고 조르는 중이었어."

솔깃했다. 그런데?

"혜지 걔가 털털해 보이긴 해도 사실 자기 속마음도 표현 못하는 숙맥이야."

무슨 뜻?

"혜지가 너 좋아하잖아. 괜히 너한테만 쌀쌀맞게 구는 거 너한테 관심 있어서 그래."

"진짜? 너 지금 나 달랜다고 거짓말하는 거 아니지? 근데 왜 나만 보면 마마보이라고 비웃는 건데?"

"여자들 속을 내가 어떻게 알아, 자식아."

나는 그제야 휴대 전화를 꺼냈다. 읽지 않은 문자가 두 개나 있었다. 나는 머리를 긁적였다. 지평이가 자기 휴대 전화를 내밀었다. 보내다 만 문자가 눈에 들어왔다.

"네가 갑자기 달려드는 바람에……. 하여튼 성질 머리하고는. 주먹은 괜찮아?"

나는 주먹을 뒤로 감추었다. 기분이 너무 좋아 통증조차 느껴지지 않았다.

"참, 내일모레 봉사 활동 있어. 바자회 수익금이랑 지역 주민들 기부금으로 어려운 이웃 돕는 거야. 주민 센터에서 봉사 확인증도 끊어 준대. 시간이랑 장소 문자로 보낼게."

자식, 끝까지 어른스럽게 말한다.

"여자애들하고 희희낙락 잘 지내는 법이나 전수해 주시지?"

내가 비꼬자 지평이가 잠바 주머니에 손을 찔러 넣으며 허리를 굽혔다. 꼭 후배 교육 시키는 선배처럼. 어쭈, 폼 잡으면 어쩔 건데. 나도 모르게 주먹이 먼저 올라갔다. 지평이가 얼굴을 바짝 들이댔다.

"너…… 은근 재수 없는 거 알아? 희희낙락이 아니라 사이좋게 지내는 거야, 인마."

지평이가 정색을 하고 말했다. 주먹이 맥없이 스르르 풀렸다. 녀석이 홱 돌아서 걸어갔다. 변명할 여지도 없이 녀석이 멀어져 갔다.

'미안해.'

말은 입안에서 맴돌 뿐 밖으로 나오지 않았다. 바람 소리가 어린애 울음소리처럼 힝힝거렸다. 주먹이 다시 쓰라렸다. 그런데 이상하게 찢어진 살갗보다 마음이 더 쓰렸다.

나는 아침부터 부산을 떨며 멋을 부렸다. 내가 봉사를 자진해서 가기는 처음이었다. 혜지도 나를 좋아한댔지? 괜스레 어깨가 으쓱해졌다. 웬 자신감이래. 스스로 생각해도 웃음이 나왔다.

나는 엄지손가락과 집게손가락을 벌려 턱에 대 보았다. 완벽한 브이 라인이다. 흠, 요즘 대세는 꽃미남이지. 이젠 공부만 잘해선 안 돼. 외모도 경쟁 시대니까. 다부진 체격에 선이 굵은 지평이 얼굴이 떠올랐다. 넌 아줌마들이 좋아하는 얼굴이야, 짜사. 내가 허공에 대고 비아냥거리자 정색을 한 지평이 얼굴이 쑥 나타났다. 취소, 취소할게. 나는 허공에 대고 손사래를 치다가 멈칫했다. 뭐야, 지평이가 라이벌이라도 돼? 이런 내 자신이 유치하기도 하고 우습기도 해서 피식 웃음이 나왔다.

내가 도착한 곳은 골목이 길게 늘어선 언덕이었다. 지평이가 입구에서 기다리고 있었다. 마치 형제를 만난 것처럼 반갑고 고마웠다. 미안하다는 말, 기회가 되면 꼭 하리라. 나는 지평이를 향해 활짝 웃었다. 지평이 눈이 점점 동그래졌다. 놀라긴. 이번에도 기대를 안 했다 이거지?

"야, 꼴이 왜 그래? 봉사하러 온 거 맞아?"

"혜지한테 잘 보이려고 머리에 힘 좀 줬다. 질투할 걸 질투해라, 짜샤."

나는 찬바람에 자꾸 헝클어지는 머리를 매만지며 너스레를 떨었다.

"스키니 진에 베이지색 후드 티, 흰색 패딩 잠바에 흰 운동화."

지평이가 날 위아래로 훑으며 한숨을 내쉬었다.

"아니 너, 봉사 활동 안 해 봤어?"

"원래 봉사는 엄마들 몫이지. 내가 친히 봉사하러 온 건 다 친구와의 우정 때문 아니겠냐."

"사랑 때문이겠지."

지평이가 끼어들었다. 그러고는 앞장서서 걸었다. 또 내가 뭘 잘못한 거야? 나는 지평이 뒤를 졸졸 따라가며 툴툴거렸다.

골목 안은 재잘재잘 조잘조잘 시끄러웠다. 혜지 목소리다. 가슴이 설레었다.

"얘들아, 진우 왔어."

나는 영화 주인공처럼 멋지게 등장하고 싶었다. 혜지 눈에서 하트가 뿅뿅 날아오겠지? 나는 골목 어귀를 힘차게 걸어 들어갔다.

"헐!"

"완전 쩐다!"

담벼락에 죽치고 앉아 있던 아이들이 한마디씩 했다.

네가 직접 짠 거. 나는 혜지를 의식하며 목도리를 매만졌다. 혜지가 피식 웃었다. 와우, 혜지가 웃었어. 나는 슬쩍 혜지 옆자리를 비집고 들어가 앉았다. 혜지가 팩 돌아앉았다. 바람이 온 동네를 흔들어 댔다. 대문이 삐걱거리고, 양철 지붕이 들썩였다. 골목 안으로 흙먼지가 날아왔다. 나는 패딩 잠바를 펼쳐 혜지에게 가림막을 만들어 주었다. 옆에서 다른 애들이 놀려 댔다. 실컷 부러워해라. 나는 마냥 싱글벙글 웃어 댔다.

봉사에 참여한 지역 어른들이 삼삼오오 모여들었다. 사장 형은 아까부터 진두지휘를 하느라 바빠 보였다. 그때 트럭 한 대가 골목 입구에서 멈췄다.

"저거 연탄 아니야? 헐, 완전 망했다!"

내가 짐칸에 실린 물건을 가리키며 소리쳤다. 모두가 나를 보고 웃어 댔다. 그래서 다들……. 혜지의 웃음은 무슨 뜻이었을까? 나는 쥐구멍에라도 들어가고 싶은 심정이었다. 무슨 수를 써서라도 이 상황을 빠져나가고 싶었다. 머리를 굴렸다.

"얘들아, 모여 봐. 사장 형 좀 이상하지 않아? 미성년자들 꼬드겨서 부려 먹으려는 수작 아닐까? 요즘은 봉사도 가짜가 많아서 말이야. 너희들은 어떻게 생각해?"

내가 아이들을 선동하는 동안 혜지 표정이 점점 일그러졌다. 지평이가 머리를 긁적이며 일어섰다. 혜지가 포효하듯 이빨을 드러냈다. 그래도 나는 설득을 멈추지 않았다. 순간,

"야아아아! 우리 사촌 오빠가 사기꾼이라고?"

혜지가 와락 달려들더니 멱살을 잡아 흔들었다. 목도리가 흐트러졌다. 뭐? 사촌 오빠? 나는 숨을 꼴딱이며 꽥꽥거렸다. 아이들이 배꼽을 잡고 웃어 댔다. 지평이가 모른 체하고 달아났다. 나는 손이 발이 되도록 싹싹 빌었다.

"지평이 자식. 일부러 안 가르쳐 준 거 아니야?"

나는 씩씩대며 지평이를 찾았다. 녀석이 보이지 않았다.

"근데 이런 데서 어떻게 사냐? 요즘도 연탄 때고 사는 사람들이 있네."

내가 주변을 둘러보며 투덜거렸다. 이번에도 혜지가 뱁새

눈을 하고 째려보았다. 내가 또 실수를 한 모양이었다. 나는 손가락을 가위표로 만들어 입술에 댔다. 봉사 정신이 투철한 애들이라면 내가 한 말이 듣기 싫을 수 있겠다 싶었다.

"넌 지평이랑 한 반이라면서 어쩜 아는 게 하나도 없니?"

혜지가 비아냥거렸다. 뭘? 내가 입 모양으로 물었다.

"여기 지평이가 사는 동네야."

머리가 띵했다.

"그리고 너 지평이 앞에서 자꾸 엄마 얘기 좀 하지 마. 지평이 할머니랑 둘이 살잖아. 부모님 안 계신 거 모르니? 친구에 대한 배려가 없어."

혜지가 엄마처럼 잔소리를 늘어놓았다.

"네 엄마는 너한테 지극정성이라며. 게다가 학교 일도 앞장서서 하시고. 지평이가 무척 부러워하는 거 알아? 네가 마마보이면서도 한성질 하는 게 맘에 든다나 뭐라나. 맨날 자랑해서 되게 궁금했거든."

자기도 한고집하면서. 나는 수학 시간을 떠올리며 시무룩이 고개를 숙였다. 늘 당당하고 씩씩해서 그늘이 있을 거라고는 상상조차 못했다. 입이 열 개라도 할 말이 없었다.

"자, 빨리 시작하자. 이러다 날 새겠다."

사장 형이 서둘렀다. 지평이는 여태껏 나타나지 않았다.

"이 자식, 일하기 싫으니까 슬쩍 빠진 거 봐. 내 이럴 줄 알았다니까. 어쩌겠냐? 회장인 내가 지평이 몫까지 책임지고…… 와, 저 새끼!"

"따뜻한 커피요!"

지평이를 발견한 혜지가 벌떡 일어나 달려갔다. 혜지한테 잘 보이는 게 이렇게 힘들다니. 하늘도 무심하구나! 나는 지평이를 향해 두 손을 들어 보였다. 항복의 의미로. 자식, 그냥 웃는다.

"야호, 커피다!"

아이들이 우르르 몰려들었다. 혜지가 보온병을 들고 폴짝폴짝 뛰었다. 아이들이 사장 형과 어른들을 모시고 오느라 골목이 우왕좌왕 시끌시끌해졌다.

"너도 좀 거들어."

혜지가 핀잔을 주었다. 응? 으응. 나는 얼른 혜지가 따라 주는 커피를 종종걸음으로 배달했다.

"진우야, 이거 '예멘 모카 마타리'라는 원두인데 마셔 봐."

커피 향이 코끝을 자극했다. 커피를 한 모금 마셨다. 따뜻한 커피가 목구멍을 타고 흘렀다. 곳곳에서 김이 모락모락 났다. 고작 커피 한 잔에 골목 안이 금세 훈훈해지다니.

"커피 향 끝내주지. 이게 블루 마운틴과 함께 세계 3대 커피 중 하난데, 고흐가 사랑했던 커피로 더 유명해."

아아! 내가 고개를 끄덕였다.

"너…… 은근 멋진 거 알지? 엊그제는 미안했어."

내가 머뭇거리며 말했다. 지평이가 내 어깨를 툭 치며 웃었다.

"너희들은 커피 한 잔만 마셔라. 뭐든 적당히 즐겨야 하는 거야. 일 시작해, 얼른!"

사장 형이 시계를 보며 재촉했다.

"너희들, 커피 노동자 대부분이 극빈자인 거 알아? 그중 상당수가 어린이래. 이 한 잔이 얼마나 소중한지 알겠냐?"

내가 불쑥 끼어들었다. 오오오! 사방에서 감탄사가 날아왔다.

"그러니까 감사한 마음으로 마셔야 한다, 이 말이지."

나는 머리를 긁적이며 지평이를 향해 눈을 찡긋했다.

트럭 짐칸에 올라간 지평이가 연탄 하나를 들어 올렸다. 연탄 릴레이를 시작할 차례였다. "아자!" 길게 늘어선 행렬이 한 목소리로 구호를 외쳤다.

"자, 오늘 첫 번째 집 연탄 배달 시작합니다!"

지평이가 힘차게 외쳤다. 내가 제일 먼저 연탄을 이어받았다. 나도 모르게 엉덩이를 쭉 뺐다. 혜지가 째려보았다.

"야, 너는 저쪽으로 빠져. 커피나 배달해!"
"됐거든? 빨리 받아!"
"혹시 네 엄마가 이렇게 입혀 줬니?"
"아아니! 내가 코디했거든?"
내가 발끈하자 사장 형이 불쑥 끼어들었다.
"진우 어머니께서 짜장면 쏘러 오신댔으니 너희들 진우한테 잘 보여라."
와아아아. 우우우. 아이들이 함성을 질러 댔다. 봤지? 우리 엄마 이런 사람이야. 내가 입을 앙 다물며 턱을 쳐들었다.
"잠깐. 릴레이를 시작하기 전에 할 일이 있어."
혜지가 큰 소리로 말했다. 그러고는 장갑 낀 손에 연탄을 마구 문지르더니 내게 달려들었다. 피할 새도 없었다. 아이들이 환호성을 지르며 너도나도 달려들었다. 에라, 모르겠다. 나도 혜지에게 달려들어 연탄을 문질러 댔다. 아이들이 서로 손가락질을 하며 깔깔거렸다.
"너희들 짜장면 못 먹어도 내 책임 아니다."
사장 형이 농담을 던졌다.
"괜찮아요. 어차피 빨래는 세탁기가 하는걸요."
내가 헤헤거리자 아이들이 배꼽을 잡고 웃어 댔다. 나는 완벽한 일꾼의 모습이 되었다.

"새꺄, 넌 내 특별한 친구니까 곱빼기 시켜 주라고 할게."

내가 생색을 내며 말하자 지평이가 엄지손가락을 들어 보였다. 나도 지평이에게 엄지손가락을 들어 보였다.

"난 짬짜면."

혜지가 슬쩍 끼어들었다. 그러고는 우리 둘을 번갈아 보며 흐뭇한 미소를 지었다. 하얗고 고른 치아가 반짝였다.

"나랑 사귈래?"

나도 모르게 불쑥 튀어나온 말이었다. 혜지가 큰 눈을 더 크게 떴다. 내가 무슨 짓을 한 거지? 눈앞이 캄캄해졌다. 내가 눈을 찔끔거리자 혜지가 웃음을 터뜨렸다. 곧이어 서로서로 마주 보며 웃어 댔다. 연탄과 함께 웃음 릴레이가 시작됐다. 커피 향 가득한 골목의 시작에서 끄트머리까지.

택배 왔습니다

"타라!"

제법 강압적인 말투였다. 아 씨! 내 입에서 거친 말이 새어 나왔다. 어디까지나 기선 제압용이었다. 나도 한성깔 하는 놈이란 걸 확인시킬 필요는 있으니까. 트럭이 달리기 시작했다.

이름, 신병주. 직업, 택배 기사. 나이, 마흔여덟. 엄마의 동거남인 그를 나는 택배라 부른다. 물론 대놓고 부르지는 않는다. 택배가 새벽 댓바람부터 나를 불러낸 이유는 대충 짐작이 간다. 강제 전학은 따 놓은 당상이니 입이 열 개라도 할 말은 없고. 엄마 대신 알바나 한다는 심정으로 따라나서긴 했다. 뭐 딱히 할 일도 없고.

트럭이 멈춘 곳은 터미널 근처에 있는 배송 물품 집하장이었다.

"여기 나 대신 까대기 할 놈 데려왔소. 데려다 일 시키쇼."

택배의 말에 작업반장인 듯한 사내가 나를 위아래로 훑으며 고개를 흔들었다.

"힘쓰는 일 안 해 본 거 같은데? 십 분 하고 나가떨어지는 거 아니오?"

완전 까인 기분이었다. 자존심이 상했다. 누가 하라면 못 할 줄 알고. 어려 보이고 약해 보이는 건 딱 질색이다. 나는 작업반장 앞으로 성큼성큼 걸어가며 눈에 힘을 주었다.

"어이, 꼬마. 저쪽으로."

작업반장이 손가락으로 가리킨 곳은 컨테이너 차량이었다. 이 사람이 나이를 잘못 잡수셨나. 언제 봤다고 반말이야. 나는 언짢은 얼굴로 작업반장을 노려보았다. 내 기분 따위는 안중에도 없는 듯 작업반장은 다른 사람을 호명하며 컨테이너 차량을 가리켰다. 그와 나, 둘이 짝을 이루어 일을 하라는 지시와 함께. 까짓 거 하면 될 거 아니야. 나는 호기롭게 되돌아나가며 등짝에 힘을 주어 양팔을 옴쭉 폈다.

내가 할 일은 컨테이너 차량의 물품을 운반 작업대에 올려놓는 일이었다. 이걸 까대기라고 하는 것도, 오늘 작업 당번이 택배였다는 것도 지금 알았다. 이제 와서 못 하겠다고 하면 지레 겁먹고 도망간다고 할까 봐 내색은 하지 않았다. 하지만 이미 속은 부글부글 끓고 있었다.

물건들로 꽉 들어찬 컨테이너 안을 보자 숨이 턱 막혔다. 저절로 한숨이 나왔다. 못 하겠다고 발뺌하기엔 타이밍이 적절치 않았다. 이런 내 맘을 눈치챘는지 작업반장이 내 어깨에 팔을 걸치며 말했다.

"꼬마. 못 하겠으면 지금이라도 말해. 저기 신 기사가 하면 되니까."

"제 이름은 강. 성. 모. 강성모입니다. 꼬마 아니고요."

내가 힘주어 말했다. 열여덟 살이라고 하면 우습게 볼까 봐 나이는 말하지 않았다. 나이보다 두세 살은 더 들어 보이는 내 외모가 이럴 땐 나쁘지 않다.

"너도 시급 세다는 광고 보고 왔냐? 난 포병 출신이라 훈련 때마다 신물 나게 포탄 날랐던 경험이 있어서 말이야. 잘해 보자!"

포병 출신이 건들거리며 말했다. 이 정도는 일도 아니란 말이지. 그가 자신감 충만한 얼굴로 헤벌쭉 웃었다. 건방 떠는 꼴이 재수가 없었다. 그냥 못 들은 척했다. 다정하게 인사 나눌 기분이 아니었다.

곧이어 작업이 시작되었다. 단 일 초도 쉴 수 없는 작업의 연속이었다. 사료, 과일, 도서류……. 이건 워밍업에 불과했다. 욕실 타일, 생수까지는 그래도 참을 만했다.

"씨발. 인간들이 집구석에 쳐 앉아서 먼 데서도 시켜 먹네. 이런 건 동네에서 좀 해결하지. 헉, 저건 뭐야? 졸라 많잖아. 이건 뭐 죽어라, 죽어라 하는군."

소금에 절인 배추에 이어 쌀 포대가 나오기 시작하자 포병 출신이 기겁하며 말했다. 갈수록 태산이었다. 날씨마저 흐려지는 데다 후터분하고 습했다. 이마에서 땀이 비 오듯 떨어졌다. 손가락 몇 번 까딱해 물건을 주문하고, 팔아 먹는 사람들이 모조리 나쁜 새끼들 같았다. 집에서 편하게 물건을 사고, 받아 보던 일이 까마득하게 느껴졌다. 나와는 전혀 상관없었던 일 같았다. 진심으로 박스를 다 찢어 버리고 싶은 충동을 느꼈다.

"이건 뭐 한 차 빠지면 또 한 차 겨들어오고 쉬는 시간도 없잖아. 사람을 아주 생으로 죽일 작정인 모양인데?"

포병 출신이 투덜거렸다. 대답할 힘도 없었다. 나는 택배를 찾아 두리번거렸다. 도저히 못 하겠다고 말할 참이었다. 그런데 택배도 바쁘긴 매한가지였다. 운반 작업대 레일을 타고 내려온 물품을 각자 구역별로 구분하느라 분주해 보였다.

"이건 뭐 강력범죄자들 사역으로 딱이구만."

"이건 뭐 체대생도 추노하는 곳이라더니 진짜네."

"이건 뭐 생지옥이 따로 없잖아."

포병 출신이 불평을 늘어놓았다. '힘들어 송'이라도 틀어놓은 것 같았다. 성질 같아선 한 방 날려 주고 싶었지만 참았다. 기운이 없어 욕도 안 나왔다.

오전 열 시쯤 하차 작업이 겨우 끝났다.

"저기 작업반장 얼굴 자세히 봐 봐. 딱 상하차처럼 생기지 않았냐? 앞으로 저렇게 생긴 얼굴 만나면 무조건 도망가. 이건 뭐 사람이 아니무니다!"

포병 출신이 개그맨 흉내를 내며 물을 벌컥벌컥 마셨다. 나는 피식 웃었다. 한 번쯤은 반응을 해 주는 게 예의니까. 나는 포병 출신을 등지고 택배에게 다가갔다. 개별 배송 물품의 바코드를 기계로 일일이 찍던 택배가 나를 흘끔 올려다보며 말했다.

"수고했다."

못 할 줄 알았는데 곧잘 하네. 이런 의미가 담긴 말투였다. 당신이 나한테 무슨 말을 듣고 싶은지 알거든요? 나는 대답 대신 생수병을 거꾸로 들고 머리에 생수를 들이부었다. 밖은 부슬부슬 비가 내리고 있었다. 장마가 지났는데도 여름내 비가 내렸다. 햇볕 쨍쨍한 날이 그리울 정도다. 나는 티셔츠 끝자락을 잡아당겨 얼굴과 머리를 닦아 냈다.

트럭에 짐을 싣고 나서야 모든 작업이 끝났다. 오늘을 넘겨서는 안 되는 상자만 수백 개였다. 설마 배송까지 같이 하자는 건 아니겠지? 나는 집에 가서 낮잠이나 늘어지게 자야겠다고 생각하며 트럭 조수석에 올라탔다. 포병 출신은 그새 달아나고 없었다.

택배가 트럭에 시동을 걸었다. 그러고는 뭔가를 쑥 내밀었다. 비옷이었다.

"나더러 배송까지 따라다니라고요?"

"이제부터 일 시작이야, 인마."

어이가 없었다. 차라리 학교 앞에 내려 주세요. 이 말이 목구멍까지 올라왔지만 하지 않았다. 뭔 놈의 자존심인지는 모르겠지만 내 입으로 뱉은 말을 번복할 수는 없었다.

빗줄기가 점점 굵어졌다. 차는 빗속을 뚫고 달리기 시작했다. 나는 차 안에서 물품을 배송할 집에 전화를 걸거나 문자 보내는 일을 담당했다. 에어컨 덕분에 꿉꿉함은 참을 만했지만, 한나절이 지나도 좀처럼 줄어들지 않는 배달 물량은 참기 어려웠다. 내가 왜 붙잡혀 있어야 하지? 대체 왜? 택배가 무슨 자격으로 나한테 일을 시켜? 생각할수록 화가 났다.

공사 중인 빌라 앞에서 차가 멈추었다. 대여섯 동 중에 건물 하나만 모양새를 갖추었고 나머지는 뼈대만 세운 상태였다. '도심 속의 자연'이라는 현수막이 눈에 들어왔다. 작은 산언덕으로 둘러싸여 있는 걸로 보아 산을 깎아 평지를 만든 모양이었다. 택배가 쌀 포대를 짊어지고 계단을 올라가는 모습이 룸미러에 비쳤다. 빗줄기가 잦아들 때까지 기다릴까? 그냥 튈까? 여차하면 도망갈 참이었다. 억수같이 퍼부어 대는 비를 당해 낼 자신이 없어 머뭇거리고 있을 때였다. 택배가 쌀 포대를 짊어진 채 도로 내려왔다. 벌써 몇 번째 허탕인지 모른다. 전화라도 받던가. 번번한 허탕 질에 슬슬 열이 받기 시작했다. 꼭 내 일처럼 화가 났다. 딱히 물건을 맡길 데도 없는 곳이었다. 날씨 때문에 공사는 중단 상태였고, 엎친 데 덮친 격으로 차바퀴는 진흙탕에 쳐 박혀 나올 생각을 하지 않았다. 공사장은 산사태와 함께 쓸려 온 토사로 온통 진흙탕이었다. 기상청은 사상 초유의 기습 폭우라고 떠들어 댔고, 라디오에선 연이은 사건 사고 소식으로 난리 법석이었다. 전화벨이 끊임없이 울려 댔다.

"폭우 때문에 밤 늦게나 가능할 것 같은데요. 그럼 어쩝니까? 차가 굴러갈지도 미지순데. 무슨 수를 써서라도 배송할 테니 걱정 마쇼."

"오늘 배송 못 한다고 해야죠! 이 난리에 저깟 물건이 뭐 대수라고!"

"저깟 물건이라니. 우리 밥줄이야, 인마."

뭐야, 씨발. 괜히 배알이 꼴렸다. 굴러온 돌한테 발등 다친다더니 지금 내가 그 짝이다. 꼴랑 맨몸으로 우리 집에 기어들어온 게 누군데 생색은.

그날 밤, 술 취한 엄마를 업고 온 건 택배였다. 엄마가 편의점 일을 그만둔 날이기도 했다. 마침 엄마가 일하던 편의점에서 배송 물품을 픽업해 가던 택배는 업무 조력자를 찾고 있었다. 새해를 앞두고 물량이 폭주하던 차에 택배가 동업을 제안했고 엄마는 흔쾌히 그 제안을 받아들였다.

"아들, 엄마 동업자. 아니지, 엄마 구세주시다. 인사해라."

취중 농담은 현실이 되었다. 엄마는 정말로 택배를 구세주처럼 받아들여 집 안에 들이기까지 했다. 동업자에서 동거남이 된 것이다. 나는 군말 없이 내 방에 찌그러져 있는 것으로 택배를 받아들였다. 이제 와서 고백하지만 택배는 나에게도 구세주였다.

나는 아직도 아빠의 유골을 강물에 뿌리고 온 날을 잊지 못한다. 그때의 그 느낌도.

"이제 네가 아빠 대신이다. 엄마가 기댈 사람은 너밖에 없다. 그래도 네가 사내 녀석이니 엄마를 지켜 줘야 해. 알겠니?"

천근만근 무거운 짐이 내 양어깨를 짓누르는 것만 같았다. 몸뚱이가 땅으로 푹 꺼지는 느낌이었다. 어떻게 내가 아빠 대신이란 말인가. 나는 겨우 중3이었다. 그게 말이 돼요? 나한텐 엄마가 아빠 대신이라고 따지고 싶었지만 그러지 못했다. 엄마는 지쳐 있었다. 손대면 툭 하고 쓰러져 버릴 것처럼. 열여섯, 엄마마저 어떻게 될까 봐 두려운 나이였다.

그때부터 엄마의 신세타령은 한결같았다.

"환불을 해 주지 않는다고 구둣발로 차는 놈한테 죄송합니다 하란다. 내 참 기가 막혀서. 이게 다 여자라고 우습게 보는 거야. 그때 너라도 불렀어야 하는데."

"손님이 쏟은 라면 국물에 화상을 입었는데 보상은커녕 병원에 다녀온 시간만큼 시급에서 제하는 게 인간이냐? 언제 네가 와서 한 마디 하고 가라."

엄마가 그럴 때마다 나는 아빠가 불러 주던 노래가 생각났다.

나는야 천하무적 해결사. 이두박근 불끈 삼두박근 불끈.

착한 사람 위해서만 힘을 쓰는 사나이. 동에 번쩍 서에 번쩍 나타나면 벌벌벌 떠네. 나는야 천하무적 해결사. 이 세상 악당들아 모두모두 덤벼라.

나는 엄마에게 투정을 부릴 수 없었다. 나는 천하무적 해결사니까. 약한 모습을 들키지 않기 위해 나는 엄마와 마주치지 않으려 애썼다. 내가 한낱 고딩에 불과하다는 걸 엄마만 모르는 것 같았다. 엄마는 술에 취해 들어오는 날이 점점 많아졌다. 사내 녀석이라 다정하게 맞장구쳐 주지도 않고 자기표현도 할 줄 모른다고 늘 탄식이었다. 차라리 벽하고 얘기하는 게 낫겠다고도 했다. 그럴 때마다 소화 불량에 걸린 것처럼 속이 거북했다. 나는 아무것도 안 들리는 것처럼 행동했다. 그것도 회피라면 회피였다. 그 즈음에 택배가 나타난 것이다.

"밀어라."

다짜고짜 택배가 말했다. 아니꼽고 치사해도 할 수 없었다. 어쨌든 지금은 그가 갑이니까.

어느새 빗줄기는 많이 가늘어졌지만 비가 그칠 기미는 보이지 않았다. 진흙탕 속에서 가까스로 빠져나온 차바퀴가 빌라 모퉁이까지 굴러가다 멈추었다. 택배가 '오케이' 하며 환호성을 질렀다. 나는 진흙투성이인 비옷을 벗어 들고 씩씩거리며 차에 올라탔다.

"자, 이제 아파트 단지다. 여기서 지체한 시간까지 커버하려면 각자 한 시간에 삼사십 개는 배달해야 한다."

"뭐라고요? 이삼십 개만 해도 이삼 분에 한 개 꼴인데? 좀 먹여가면서 부리던지!"

"좋아, 삼십 개. 점심은 그다음에."

이런 십색싸인펜 이십팔색크레파스 같은 인간아! 나는 조수석의 대시보드를 손으로 세게 내려쳤다. 아악! 뼈마디가 쑤셨다. 하지만 아무렇지 않은 척 고개를 창밖으로 돌렸다. 택배의 시선이 느껴졌다.

"네 엄만 점심 거르는 거 다반사야, 인마."

그러니까 어쩌라고. 그래서 살림살이는 나아지셨습니까? 오히려 내가 묻고 싶은 말이다. 택배 입에서 엄마 얘기가 나오자 괜히 그제 일이 떠올라 화만 치밀었다.

2교시 체육 시간이었다. 갑작스런 선생님 출장으로 자유 시간이 주어졌다. 여학생들은 삼삼오오 둘러 앉아 수다를 떨고, 몇몇을 제외한 남학생들은 축구를 하고 있었다. 몇몇에

속해 있던 나는 조회대 옆 스탠드에서 찐따처럼 앉아 있었다. 그런데 그때 운동장으로 엄마가 걸어 들어오는 게 아닌가. '스마일 택배' 로고가 박힌 조끼 덕분에 의심할 여지가 없었다. 당황스러웠다. 새 학기 학부모 총회 때도 오지 않은 엄마다. 내가 몇 반인지 알 리도 없다. 엄마가 내게 물어본 적도 없거니와 내가 말해 준 적도 없으니까. 나는 잽싸게 몸을 돌렸다. 엄마가 나를 알아보지 못하게. 담임이 불렀나? 별의별 생각들이 머리를 스치는 순간이었다.

"어이, 아줌마 여기요!"

분명히 엄마를 향한 말투였다. 몸을 의자 모서리에 숨기고 곁눈질로 돌아보았다. 엄마를 불러들인 건 자칭 쇼핑 중독, 우리 반 된장남이었다. 그러고 보니 아까부터 전화기 붙들고 열변을 토하는 듯했다.

"그거 잃어버린 거 알면 엄마한테 나 죽어요. 그게 얼마짜린 줄 아세요?"

된장남이 다짜고짜 신경질을 부렸다.

"학생, 분명히 배송을 마쳤어요. 여기 사진 자료 보여 줄게요."

엄마가 휴대 전화를 뒤적이며 절절맸다.

"이거 보여 주려고 학교까지 찾아와요? 못 받았다니까

요?"

"그래도 여기, 확인해 봐요."

엄마가 사진 자료와 송장을 내보였다. 된장남이 건성으로 들여다보고는 홱 돌아서서 소리쳤다.

"애들아, 내 이름이 소화전이냐?"

된장남과 엄마에게 관심조차 없던 아이들이 일제히 돌아보았다. '소화전'이라는 말 한 마디에 여기저기서 야유가 튀어나왔다. 자기 여자 친구 이름이라는 둥, 아침 먹은 게 소화가 안 됐다는 둥, 급식 전이라 그렇다는 둥. 꼬리에 꼬리를 물고 한 마디씩 던져 댔다. 아 씨. 쪽팔려. 엄마와 마주치기 전에 자리를 떠야 했다. 괜히 눈이라도 마주치는 날엔……. 생각만으로도 감당이 안 됐다. 게다가 된장남은 멀쩡한 사람 바보 만드는 재주 하난 타고난 놈이다. 괜히 나섰다가 학교 생활이 곤란해질 수도 있었다.

나는 일어서다 말고 흠칫했다. 엄마가 된장남을 데리고 이쪽으로 걸어오는 게 아닌가. 앉아서 차근차근 얘기 좀 나누자는 것 같았다.

"놔요. 내 발로 걸어갈 테니."

제 팔에 닿은 엄마 손을 소스라치듯 뿌리치며 녀석이 툴툴댔다. 다행히 아이들은 다시 축구에 몰두했다.

"내가 소화전에 넣고 가라고 했냐고요! 맘대로 넣은 게 누군데요!"

"학생이 전화를 안 받았잖아."

"수업 시간이니까 못 받죠. 그러면 맘대로 넣고 가도 된다는 거예요? 아 놔! 완전 어이없네."

맹랑한 말투였다. 나는 돌아서서 중앙 현관 쪽으로 걸어가는 중이었다.

"그 시계 한정 판매인 데다 품절이라 구할 수도 없어요. 친절, 신속, 정확은 개뿔."

뭐? 개뿔? 이 자식이. 내 의지와는 상관없이 발끈한 몸이 먼저 튕겨 나갔다. 내 기습에 놀란 된장남이 풀썩 앞으로 고꾸라졌다. 나는 녀석의 등짝에 올라타 사정없이 머리를 내려쳤다. 아이들이 몰려들었다. 비명과 함성 소리가 합주처럼 울려 댔다.

"복잡한 거 싫으면 10만 원 주고 가라는데. 아니면 똑같은 걸로 주문 제작을 넣던지 하래요. 알아보니까 주문 제작 하려면 비용이 더 들겠어요. 한정 판매라 그렇대요. 기름 값에 통신비에 사고 보상금까지 떼고 나면……. 후유!"

"하필 시시 티브이도 없는 곳이네."

"사진 찍어 놨으니까 내일 사정해 볼게요."

어젯밤 엄마와 택배가 나눴던 말을 듣지만 않았어도.

"얘들아, 받은 지 얼마 안 된 따끈따끈한 신상 시계다. 죽이지!"

아침 자습 시간에 녀석이 자랑질만 하지 않았어도 내 꼭지가 돌지는 않았을 것이다. 눈에 뵈는 게 하나도 없었다.

"이 새끼가 어디서 사기를 쳐!"

나는 녀석의 머리통, 배때기, 등짝, 정강이 가리지 않고 주먹을 휘둘렀다. 아이들이 소리를 질러 댔다. 그게 나를 더 흥분시켰다. 놀란 엄마가 나를 뜯어말렸다는 사실도 나중에야 알았다. 솔직히 말하면 엄마가 보고 있었기 때문에 질 수가 없었다. 무조건 이겨야 했다. 나는 녀석이 일어서려고 하면 다시 쓰러뜨렸다. 그럴 때마다 아이들이 소리를 질러 댔다. 모두가 나를 응원해 주는 것만 같아 힘이 솟았다. 녀석의 날렵한 몸뚱이에 정확히 펀치를 날릴 때마다 희열을 느꼈다.

"미친 새끼. 네가 무슨 상관이야!"

녀석이 소리를 지르며 악을 썼다. 뭐? 무슨 상관? 눈에서 번쩍 불이 났다. 나는 눈을 부릅뜨고 녀석의 주둥아리를 향해 주먹을 치켜들었다.

짝!

순간 아무것도 보이지 않았다. 함성 소리도 뚝 그쳤다. 피투성이인 녀석의 몰골이 서서히 눈에 들어올 즈음 엄마와 눈이 마주쳤다. 엄마가 내 뺨을 때리다니. 엄마가 그랬잖아. 뼈 빠지게 돌아다녀도 남는 거 없다고. 억울했다. 처음으로 엄마를 위해 천하무적 해결사로 변신했는데.

죽도록 얻어터지고도 녀석이 히죽거렸다. 되레 내가 흠씬 얻어맞은 것 같았다. 까무러칠 것 같은 슬픔이 밀려왔다. 으악! 나는 악을 써 댔다. 동작 그만. 엄마 표정은 단호했고 강철처럼 단단해 보였다. 처음이었다. 이런 느낌. 울컥, 목이 메었다. 녀석 앞에서 눈물을 보이기 싫어 벌떡 일어나 내달렸다. 저쪽에서 트럭 한 대가 교문을 향해 달려오고 있었다.

그날 밤 집으로 돌아온 엄마는 아무 말도 하지 않았다. 뒷이야기는 택배에게 들었다. 녀석이 잘못을 인정했으며 자신의 부모한테는 비밀로 해 달라고 신신당부를 했으나, 폭력 문제를 그쪽 부모님이 그냥 넘어가진 않을 것이라고. 더구나 목격자들이 많았기 때문에 학교에서도 무슨 조치를 취하지 않겠느냐는, 대강 이런 얘기였다. 택배는 엄마와 나의 관계를 알게 된 담임과 된장남이 몹시 당황스러워 했다는 말도 덧붙였다.

다음 날 나는 학교를 그만두겠다고 선언했다. 어차피 대학에 진학할 형편도 안 되고, 공부에도 흥미가 없으니 잘된 일 아니냐고. 이렇게 된 김에 막노동판에서 돈이나 벌겠다고 객기를 부렸다. 이번에도 엄마는 아무 말 하지 않았다. 오히려 엄마가 나를 피하는 듯했다.

"얼른 서둘러라. 이따 세 시까지 시간 맞춰서 배달할 물건이 있으니까."

택배가 중요한 것에 밑줄을 쫙 긋듯이 '시간 맞춰서'라는 부분을 강조했다.

비는 그칠 기미가 안 보였다. 문제는 한 시간 안에 할당된 배송 물량이었다. 배송한 물건만 분실 위험이 있는 게 아니다. 그사이 배송할 물건을 지켜야 하는데 일손이 없다. 그 순간 번뜩 떠오르는 꾀. 아, 경비실! 스스로 생각해도 대견했다. 배송할 물품은 한 동에 어림잡아 예닐곱 개 정도. 많은 동은 열 개가 넘었다. 트럭이 윗동으로 올라가는 걸 바라보며 주먹을 불끈 쥐었다.

"여기에다 동호수랑 수취인 적고, 그쪽 이름도 적어 놔요."

경비 아저씨가 일지를 내밀며 시큰둥하게 말했다. 적어도 소화전보다는 안전하다. 어차피 오다가다 들르는 곳이 경비실 아닌가. 서로 돕고 사는 거지 뭐. 나는 반나절 만에 배송 노하우를 다 터득한 사람처럼 흡족하게 웃었다.

–부재중이라 물건은 경비실에 맡김.

비를 피해 정자에 앉아 단체 문자까지 날리고 나니 허기가 밀려왔다. 택배는 지금 열라 물건 나르고 있겠지? 괜스레 웃음이 실실 나왔다. 떡볶이, 통닭, 피자가 눈앞에서 아른거렸다. 생각만으로도 군침이 돌아 배를 쥐어 잡고 있을 때 전화벨이 울렸다.

"하루 종일 집에 있었는데 부재중이라니요? 여태 물건 기다리고 있었는데 초인종 소리를 못 들었겠어요? 당장 갖다 줘요!"

따다다다다 뚝! 말문이 막혔다. 성질머리하고는. 나는 걸려온 전화번호를 송장에서 찾아냈다. 수취인의 쇼핑몰 닉네임은 '꿀벅지'였다. 따발총이 아니라 꿀벅지. 그래, 꿀벅지니까 참는다. 가는 김에 꿀벅지의 윗집 것도 챙겼다.

딩동!

안에서 발소리가 들려왔다. 개봉박두. 현관문이 시원스럽게 열렸다. 투박하고 다부진 체격의 여자가 나타나 물건 상자를 빼앗듯이 채갔다. 꽝, 현관문이 닫혔다. 꿀벅지 좋아하시네. 이유 없이 기분이 나빴다. 윗집은 더 가관이었다. 빼끔 현관문이 열리나 싶더니 손바닥 하나가 쑥 나왔다. 후덜덜. 귀곡 산장도 아니고 이게 무슨. 허공에서 너울대던 손바닥은 상자만 홱 채갔다. 현관문이 스르르 닫혔다. 하루 이틀 단련한 솜씨가 아니었다. 이럴 거면서 왜 집까지 가져다 달래. 기분이 더럽다 못해 찝찝했다.

지금쯤 학교에 있을 엄마 얼굴이 떠올랐다. 죄인 아닌 죄인처럼 굽실거리고 있을 엄마. 나는 일부러 친구들 얼굴을 떠올리려 애썼다. 다음에 만나면 니들은 그러지 마라, 이렇게 말해 줘야지. 생각의 꼬리가 다시 엄마에게로 돌아가려 할 때 전화벨이 울려 댔다. 줄줄이 항의 전화가 걸려 왔다. 결국 다시 뛰고 올라가고 내려오고 생쇼를 벌여야 했다. 셔츠에서 쉰내가 났다. 보조일도 만만치 않았다.

"물류비 인상하면 뭐 해. 업체끼리 경쟁해서 택배비는 거의 안 오르는데. 오히려 택배 인력 단가를 낮춰서 원가를 절감하겠다 이거잖아. 모든 책임은 우리 같은 택배 노동자 몫으로 돌리는 거지. 그만큼 더 많이 일 해라, 이거야. 완전 눈 가리고 아웅 하는 꼴이지. 젠장!"

택배가 넋두리처럼 내뱉던 말이었다. 소비자 입장에선 배송비가 싸면 당근 좋은 거 아닌가? 그때 나는 쇼핑몰에서 무료 배송 이벤트를 하지 않아 한창 짜증이 나 있었다. 지금은 글쎄, 다시 소비자 입장이라면? 사실 그래도 무료 배송이 좋을 것 같다. 반나절 동안 깨달은 게 고작 이거라니. 내가 생각해도 웃겼다.

또 전화벨이 시끄럽게 울려 댔다. 왠지 예감이 좋지 않았지만 받았다. 받자마자 시베리아 벌판에서 개풀 뜯어먹는 소리가 쉴 새 없이 튀어나왔다.

"언제 봤다고 반말에 욕지거리야! 죽고 싶어 환장했냐? 씨발놈아!"

나는 냅다 소리를 지르고 전화를 끊어 버렸다. 분이 풀리지 않았다. 또다시 전화벨이 울렸다. 악! 내 손에서 튕겨져 나간 전화기가 공중 부양을 하더니 물웅덩이로 내동댕이쳐졌다. 그 위로 비가 쏟아졌다. 날씨마저 지랄 같았다. 헛웃음이 새어 나왔다.

"비실비실 웃기는. 동네 모자란 형 같네. 힘드니까 정신도 들락날락하지? 짜샤."

택배였다. 비에 흠뻑 젖은 몰골이 아주 볼만했다. 하고 많은 사람 중에 가진 건 몸뚱이 하나뿐인 택배라니. 엄마가 원망스러웠다. 이렇게 개고생이나 죽도록 할 거면서.

"내가 뭘 어쨌는데요."

나는 전화기를 주우면서 시비조로 따졌다. 그때였다. 아파트 로비 문이 열리며 한 사내가 뛰어나왔다. 길길이 뛰는 폼이 시베리아 벌판이 분명했다.

"어, 그래. 스마일 택배. 잘 만났다. 어떤 새끼였어. 나한테 욕한 놈. 너, 너지!"

순식간에 시베리아 벌판이 달려들었다. 나도 주먹을 쳐들었지만 택배가 막아섰다.

"진정하시고, 무슨 일입니까?"

"김치 어떻게 할 거야. 보낼 때는 멀쩡했던 박스가 왜 터지고 새고 난리냐고. 김치 다 쉬어 터진 건 어떻게 할 거야. 씨발아!"

어이가 없었다. 나는 당장이라도 달려들 기세로 주먹을 들어올렸다. 택배가 내 손을 잡아챘다.

"저하고 말씀하세요. 자자, 일단 들어가서 확인해도 되겠습니까?"

택배가 시베리아 벌판을 앞세우며 건물 안으로 들어갔다. 한동안 시베리아 벌판이 내지르는 고함 소리가 건물을 흔들어 댔다. 빗소리마저 더해져 정말 시끄러웠다.

"아, 새끼. 한여름에 김치 시는 거까지 시비야."

택배가 혼잣말을 하며 나타났다. 나를 안심시키기 위한 말이었다. 이런 일쯤은 다반사라는 듯이 여유까지 부렸다.

"어쩌기로 했어요?"

나도 조금 염려되긴 했다.

"어쩌긴. 고발을 하던지 내다 버리던지 맘대로 하라고 했지, 인마."

말은 그렇게 했지만 일이 잘 해결됐다는 걸 택배의 표정으로 알 수 있었다. 택배가 터벅터벅 앞장서 걸었다. 나는 깨갱하는 자세로 눈치껏 택배를 따라갔다. 택배가 조금, 아주 조금 멋있어 보이기까지 했다.

"아줌마, 여기 잔치국수 둘. 가능한 빨리."

이탈리안 치즈 피자, 오븐구이 치킨, 스파게티. 이런 점심을 기대했지만 따질 분위기가 아니었다. 잔치국수도 감지덕지였다.

국수를 한 젓가락 집어 든 택배가 나를 흘끔 쳐다보더니 말문을 열었다.

"이제 엄마 고충을 좀 알겠냐?"

후루룩. 나는 국수 먹는 것으로 대답을 회피했다.

"한집에 산다고 우리가 꼭 부자지간이어야 할 필요는 없잖니? 지금 생각해 보면 내가 너 나이 때 말이다. 요즘 말로 멘토 같은 사람이 있었다면 어땠을까, 하는 생각이 든다."

택배의 뜬금없는 말에 목구멍이 콱 막혔다.

"사내 맘은 사내의 몸으로 살아온 내가 좀 알거든. 인생 조력자, 어떠냐?"

당신이 내 인생 조력자……? 나는 택배를 바라보았다.

"싫으면 말고 짜샤!"

택배가 후룩후룩, 국수를 맛있게 넘긴다. 일부러 시선을 피하고 있다.

"세 시까지 배달할 물건이 있다고 하지 않았어요?"

분위기를 바꾸려고 다른 얘기를 꺼냈다. 택배가 남은 국물을 마시더니 가자며 일어섰다.

비가 잦아들고 있었다. 운전대를 잡은 택배가 자꾸 시계를 들여다보았다. 그에게도 아들이 있다고 들었다. 누군가의 아빠인 택배가 나의 조력자가 되고 싶단다. 세상은 알수록 복잡하고 알 수 없는 것들로 가득하다. 문득 택배의 제안도 나쁘지 않다는 생각이 들었다. 우리의 관계를 있는 그대로 받아들인다면 가능한 일이었다. 힘들 때 누군가에게 손을 내밀어 도움을 요청하는 것도 용기라면 용기일 테니까. 엄마가 그랬던 것처럼. 중요한 건 현재니까. 이런 생각에 이르자 마치 내가 철학자라도 된 듯했다.

"세 시까지 못 받으면 필요 없는 물건이 된다고요? 왜요? 외국요? 지금 어딘데요!"

다급한 택배의 목소리에 정신을 차리고 보니 트럭이 방향을 돌리고 있었다.

"그렇다고 기껏 온 길을 되돌려요?"

택배가 전화를 급히 껐다. 그러고는 내게 앞뒤 설명도 없이 송장번호를 불렀다. 따질 분위기가 아니었다. 나는 택배가 시키는 대로 조수석을 타고 넘어가 따로 쌓아 두었던 소형 상자들 속에서 물건을 찾아냈다. 다행히 트럭은 운전석과 적재함 사이에 칸막이가 없어 자유로이 이동할 수 있는 구조였다. 서커스를 방불케 하고 찾아낸 물건은 작고 가벼운 상자였다.

끼익! 트럭이 급정거를 했다. 대기 중인 공항버스 앞에서 종종걸음을 치던 아줌마가 우리를 보더니 반기며 뛰어왔다.

"아이고 이렇게 고마울 수가. 고맙습니다!"

아줌마가 물건을 급히 받아 들고 버스로 달려갔다. 그러고는 한 소녀에게 상자를 쥐어 주었다. 차 안에서 열어 보라는 것 같았다. 딸일까? 친척일까? 어쨌든 그들이 지금 이별 중임을 느낄 수 있었다. 곧 버스가 출발했다.

트럭은 다시 달리기 시작했다. 나는 사이드미러에서 시선을 뗄 수 없었다. 버스가 보이지 않자 아줌마가 돌아서서 눈물을 훔친다. 저들은 어떤 사연일까? 왠지 가슴이 뭉클해졌다. 엄마 얼굴이 떠올랐다. 지금쯤 학교에서 나 대신 싹싹 빌고 있는 건 아닌지. 엄마는 어째서 자신이 잘못한 것도 없이 죄송해야 할 일이 그리 많은 건지. 참, 가여운 인생이라는 생각이 들었다. 괜히 눈시울이 뜨거워졌다. 나는 차창을 열어 숨을 크게 내쉬었다.

"최대한 미리미리 태풍 대비를 해 둬야겠습니다."

라디오에선 태풍주의보를 알리는 기상청의 안내가 이어졌다. 시련의 연속이군. 나는 한숨을 폭 내쉬었다.

"젊은 놈이 한숨은……."

택배가 퉁바리를 놨다. 침묵이 이어졌다. 내가 이런저런 생각에 빠져 있는 동안 트럭이 멈추었다. 고개를 들어 보니 학교 앞이었다.

"아이 씨. 지금 장난해요!"

또 객기부터 부려 본다. 아까부터 엄청 후회하고 있었으면서.

"충동 구매한 사람들 특징이 뭔지 알아? 반드시 후회한다는 거다. 반품하는 게 복잡해서 포기하는 경우도 많지. 충분히 생각하고 결정해도 늦지 않아. 너 때문에 오늘 얼마나 손해를 본 줄 알아? 빨리 내려 짜샤."

그러고는 차창 밖으로 고개를 내밀어 소리쳤다.

"택배 왔습니다!"

엄마가 광대를 발사하며 다가왔다.

"급한 배송이 갑자기 생기는 바람에 세 시가 넘어 버렸네. 일은 잘 해결된 거요?"

엄마가 밝게 웃는 것으로 대답을 대신했다. 엄마는 배턴 터치 하는 사람처럼 나를 끌어내리더니 트럭에 훌쩍 올라탔다. 신세타령 같은 건 없었다. 삶의 현장에서 자신의 삶을 살아내는 어른이 있을 뿐이었다. 엄마가 눈으로 학교를 가리켰다. 나머진 스스로 해결해라. 이렇게 말하는 듯했다. 거부할 수 없는 눈빛이었다.

"방학 때 알바 찜이에요."

나는 퉁명스레 말했다. 택배와 엄마가 동시에 미소를 지었다. 나는 못 이기는 척 저벅저벅 교문을 들어섰다. 셔츠에서 시큼한 냄새가 훅 올라왔다. 싫지 않았다. 벌써 트럭은 저만치 달려가고 있었다. 그치지 않을 것 같았던 비는 어느새 그쳐 있었다. 태풍주의보가 무색할 만큼 감쪽같이.

엄마와 닥종이 친구들

텔레비전 소리가 점점 커졌다. 엄마는 화가 나면 텔레비전 소리를 크게 하는 버릇이 있다. 엄마 잔소리와 텔레비전 소리가 뒤섞여 귀청이 떨어져 나갈 것 같았다. 나는 두 손으로 귀를 틀어막았다. 참자, 참자, 참아야…… 아우 도저히 못 참겠다.

"텔레비전 소리 좀 줄여. 시끄러워!"

나는 방문에 대고 소리를 꽥 질렀다.

"니가 뭔데?"

"고딩! 담임이 눈 깜짝할 새에 고3 된댔어."

"아이고 상전 나셨어요. 그래, 너는 청춘이라 좋겠다."

엄마 목소리에 힘이 빠졌다. 잔소리도 멈추었다. 텔레비전 소리도 점점 줄어들었다. 요즘 엄마는 걸핏하면 청춘 타령이다.

갑자기 조용하다. 텔레비전 소리를 줄이랬지 끄라고 했나? 뭔가 심상치 않은 기운이 전해졌다. 요즘 들어 부쩍 감정 기복이 심해진 엄마. 내가 또 엄마 심기를 건드린 모양이다. 나도 언제부턴가 모든 화풀이를 엄마한테 쏟아 내는 것 같다. 그래, 쿨하게 내가 먼저 사과하는 거다. 나는 문을 빠끔 열고 고개만 쏙 내밀었다.

엄마는 무음 상태의 텔레비전을 멍하니 응시하고 있었다. 영상에서 짤막한 자막이 휙휙 지나갔다. 예능 프로그램이 없었다면 엄마는 무슨 낙으로 살까? 수면 바지는 이제 엄마의 패션으로 굳어진 듯하다. 다행히 분홍색, 보라색, 하늘색으로 색깔 변화는 준다. 목이 늘어난 티셔츠 때문인지, 부스스하게 흘러내린 머리카락 때문인지, 지나버린 청춘 때문인지 엄마는 몹시 우울해 보였다. 아무래도 지금은 엄마를 그냥 내버려 둬야 할 것 같다.

조용히 문을 닫으려는데 엄마와 눈이 마주치고 말았다.

"엄마, 종이접기라도 다시 하지. 놀면 뭐 해?"

불쑥 튀어나온 말. 엄마 표정이 점점 굳어졌다. 아뿔싸!

"뭐? 놀아? 배부르게 저녁 먹여 놨더니 저 계집애가 정말!"

엄마가 쿠션을 집어 들고 일어섰다. 나는 잽싸게 방문을 닫아 버렸다. 하필 이럴 때 논다는 말이 툭 튀어나올게 뭐람. 엄마가 제일 싫어하는 말인 줄 알면서. 아무튼 요 입이 방정이다. 어째 엄마를 위로하기는커녕 화만 돋우는 것 같다.

그래도 이건 아니지. 고2는 본격적으로 진로를 고민할 나이다. 고3 엄마는 자녀와 똑같이 입시생이란 말이 있다. 고3 엄마 예행연습. 뭐 이런 거 없나? 그래, 어차피 엄마 인생은 엄마 거. 내 인생은 내 거. 난 지금 성적 업그레이드하기도 벅차다. 진로도 정하지 못했다. 내 생각이나 하자. 나는 이어폰을 귀에 꽂고 음악 볼륨을 높였다. 그런데 엉뚱하게도 밝고 화사했던 엄마 얼굴이 떠오르는 게 아닌가.

엄마는 한때 문화 센터의 종이접기 강사였다. 덕분에 우리 반 환경 미화는 늘 엄마 차지였다. 엄마는 번거로울 텐데도 한 번도 환경 미화를 마다하지 않았다. 당연히 우리 반 교실은 항상 다른 반의 눈요깃거리가 되었다. 엄마가 종이접기 강사라는 소문은 빠르게 퍼졌다. 엄마가 노린 건 바로 그것이었다. 인기 강사가 되는 건 시간문제였다. 엄마는 특유의 친화력으로 학부형들을 수강생으로 끌어들였다. 환경 미화를 마케팅 전략으로 활용하면서 효과 대비 비용까지 절감하는 능력을 발휘했던 셈이다. 물론 실력도 수준급이었다. 특히 생화보다 섬세하고 화사했던 장미꽃 백 송이는 지금도 잊을 수가 없다.

문제는 아빠였다. 아빠는 집 안 곳곳에 널려 있는 종이꽃을 싫어했다. 그렇지만 엄마의 열정까지 꺾을 수는 없었다. 아빠가 싫어하면 할수록 엄마는 보란 듯이 더 열심히 했다. 원래 엄마는 그런 성격이었다.

그러던 어느 날이었다. 아빠가 술에 잔뜩 취하다 못해 쩔어서 들어왔다. 아빠는 무슨 연체동물처럼 허우적거리고, 비틀대고, 문짝에 부딪히고, 한동안 난리를 피웠다. 거기서 멈췄으면 딱 좋았을 것을. 아빠는 갑자기 고래고래 소리를 지르며 종이꽃들을 모조리 바닥에 패대기치기 시작했다.

"이 가짜 꽃들 좀 치워! 꼭 무당집 같잖아!"

아빠 말은 엄마에게 비수가 되어 날아갔다. 아빠는 웬만해선 술에 취하는 사람이 아니었다. 그래서 엄마의 충격이 더 컸던 것 같다. 그날 이후, 엄마는 종이접기와 관련된 모든 일을 그만두었다. 그리고 벌써 삼 년째 전업주부로 잘 살고 있다. 적어도 겉으로 보기에는 그랬다.

저녁 시간이었다. 오랜만에 세 식구가 함께 식사를 하게 되었다.

"엄마, 교복 셔츠랑 카디건 여분으로 한 벌씩 더 사 주면 안 돼? 이왕이면 브랜드 바꿔서 번갈아 입게."

"꼭 브랜드라야 해? 교복 셔츠 값이 웬만해야지."

"교복 셔츠는 아무거나 입으면 안 돼. 교복발이 안 선단 말이야."

엄마와 나의 대화를 듣고 있던 아빠가 "그냥 사 줘." 하며 끼어들었다. 이때까지만 해도 나는 앞으로 일어날 일을 예상하지 못했다. 원래 아빠는 그런 사람이었으니까.

"차라리 교복 자율화가 낫겠어요. 애들이 브랜드만 고집하니 교복 때문에 신분 격차도 모자라 위화감까지 든다니까요? 이럴 바엔 그냥 사복 입는 게 경제적이죠. 안 그래요?"

넋두리처럼 던진 엄마 말이 화근이 될 줄은 정말 몰랐다.

"무슨 소리야. 학생이 교복을 입어야지. 그래야 소속감도 생기고 유대감도 생기는 거야. 비싸다, 번거롭다 하기 전에 어른이 되어 사회에 나갔을 때를 생각해야지. 교복은 감정과 행동의 절제를 가르쳐 주는 선생님 같은 역할을 한다고. 교복 자율화 정책이 괜히 실패했겠어?"

아빠가 정색을 하며 말했다.

나는 눈을 질끈 감았다. 에, 마지막으로, 하고는 한참은 더 길어졌던, 끝날 것 같다가도 끝나지 않았던 교장 선생님 훈화가 떠올랐기 때문이다. 이미 밥맛은 뚝 떨어진 상태였다.

"당신이 몰라서 하는 소리예요. 교복 정책이 좀 과하기는 해요. 기본 정장만 필요한 게 아니잖아요. 셔츠, 카디건, 조끼, 체육복은 안 입어요? 게다가 브랜드만 입으려고 한다고요. 애들이 교복 업체 봉이에요? 소속감은커녕 신분 격차만 더 벌어지고 있잖아요."

대화는 점점 엄마 아빠의 자존심 대결로 치닫고 있었다.

"그러니까 군인들처럼 교복도 전국적으로 통일시켜야 한다니까. 어줍잖게 자유와 인권을 들이밀면서 군국주의 잔재니 뭐니 하면서 교복을 부정적으로 바라보는 게 문제라고."

"그렇다고 아이들 개성을 무시해서야 되겠어요?"

물과 기름 같은 대화가 이어졌다. 나는 밥알을 세며 끼어들 타이밍을 찾고 있었다. 아빠가 일장 연설을 늘어놓을 빌미를 던져 준 것 같아 후회가 막심한 순간이었다. 그때 아빠가 엄마의 아킬레스건을 건드리고 말았다.

"허구한 날 집에서 놀면서 고작 생각하는 거라곤. 그럴 시간에 당신 개성이나 찾아. 그 알록달록한 무릎 나온 바지나 당장 벗어 던지지? 그러니 생각까지 해이할 수밖에."

"지금…… 말 다 했어요?"

엄마가 버럭 소리를 지르며 숟가락을 내려놓았다. 아빠가 움찔했다. 하지만 이내 눈을 치켜뜨고 엄마를 노려보았다. 대화가 도를 넘고 있었다. 나는 조용히 숟가락을 내려놓고 일어섰다. 여차하면 불똥이 내게 튈지도 모르는 일. 일단 피하고 봐야 했다. 내 방으로 돌아오는 내내 아빠가 내 이름을 부를까 봐 조마조마했다. 다행히 두 분이 팽팽한 기 싸움 중이라 나까지 신경 쓰지는 않았다. 어쩌면 자리를 비켜 주길 바랐는지도 모를 일이다.

"만날 빈둥빈둥 놀고먹으니까 세상이 만만해 보이나? 이놈의 집구석은 위아래도 없어? 어디서 여편네가 남편한테 따박따박 말대꾸야!"

"뭐, 여편…… 위아래라니. 나는 당신 하녀가 아니고 마누라야. 이거 왜 이래요!"

엄마도 물러설 기세가 아니었다. 두 사람의 성난 목소리가 집 안을 쩌렁쩌렁 흔들어 댔다.

또 시작이군. 나는 이불을 뒤집어쓰고 손바닥으로 귀를 틀어막았다. 아빠는 하루라도 엄마에게 시비를 걸지 않으면 입안에 가시가 돋나? 유독 엄마에게만 엄격한 것도 이해할 수가 없다. 퍽 하면 밥상 메뉴가 온통 풀밭이라며 트집을 잡기 일쑤였다.

콕콕콕.

그럴 때마다 아빠는 젓가락으로 식탁을 쪼아 댔다. 그러면 엄마는 눈을 질끈 감고 가슴을 짓눌렀다. 아마도 자신의 심장을 쪼아 대는 듯한 기분이었으리라. 그런 날이면 엄마는 모든 것에 의욕을 상실한 듯 무기력한 상태로 하루 종일 잠만 잤다. 요리에 소질이 없는 엄마에게 임금님 수라상을 기대하는 건 너무 가혹한 형벌처럼 보였다. 그걸 아빠가 모를 리 없다. 밥상머리 교육은 우리 집과는 거리가 멀다는 걸 새삼 깨닫는 순간이기도 했다.

지금도 그렇다. 교복은 내가 입는데 왜 부모님이 싸우는지 모르겠다. 내 의견도 물어봐 주면 안 되나? 아빠는 학창시절 불만이 전혀 없었을까? 대화 자체가 안 통하는 건 아빠도 마찬가지다. 두 분이 툭하면 교복 세대, 자율화 세대 운운하면서 티격태격하는 것도 유치하다. 내가 보기엔 도토리 키 재기 같은데.

그렇게 내가 아슬아슬하게 엄마와 아빠를 저울질하고 있을 때였다.

"집구석에서 식충이처럼 쌀이나 축내지 말고 생산적인 궁리를 하란 말이야."

"뭐 식충이? 내가 누구 때문에 이러고 사는데. 잊었어요?"

"이렇게 내 등골이나 빼먹고 살 줄은 몰랐지!"

"뭐? 등골이나 빼먹어? ……아악!"

우당탕탕! 식탁 의자가 거실 바닥으로 넘어지는 소리가 들렸다. 곧이어 아빠가 당황해 엄마를 부르는 소리가 들리더니 뒤이어 내 이름을 쉴 새 없이 불러댔다. 내가 뛰어갔을 때 엄마는 주먹으로 자신의 가슴을 치고 또 치면서 버둥거리고 있었다.

다음 날 아침, 엄마는 한 솥 가득 곰국을 끓이고 있었다. 이 와중에 아빠 몸보신 시켜 줄 생각을 하다니. 나는 엄마가 속이 없거나 바보인 게 틀림없다고 생각했다. 하지만 착각이었다. 엄마는 끼니 때마다 밥, 국, 김치만 차려 놓고 어디론가 사라졌다. 꼬박꼬박 밥상을 차려 주는 게 더 무서웠다. 아빠도 마찬가지였다. 한번쯤은 시켜 먹자, 큰 소리 칠 줄 알았는데 꼬박꼬박 차려 놓은 음식을 비우는 것이었다. 이번엔 아빠도 은근슬쩍 엄마가 신경 쓰이는 눈치였다.

주말 내내 엄마 아빠는 한 마디도 하지 않았다. 엄마 잔소리도 뚝 그쳤다. 엄마는 삼 년 전 종이접기를 그만두었을 때보다 훨씬 충격을 받은 듯했다. 겨울 방학이 끝나고 다시 봄방학이 시작되었지만 집 안의 냉기는 여전했다. 생각보다 엄마의 반란이 길어지고 있었다. 이 냉전이 우리 집 역사에 2

월 혁명으로 길이길이 기록될 만한 획기적인 사건임은 확실했다. 나는 겨울이 조금씩 지겨워졌다. 아니, 겨울도 봄도 아닌 어정쩡하고 어수선한 2월이 빨리 지나가기를 손꼽아 기다렸다.

봄비가 내리는 날이었다. 나는 학원이 아닌 집으로 발길을 돌렸다. 특별한 이유는 없었다. 하루 종일 싱숭생숭한 그런 날이었을 뿐이다. 비밀번호를 누르고 현관문을 열고 거실로 들어섰다. 엄마는 베란다에 서 있었지만 뒤돌아보지 않았다. 예전의 엄마라면 두 팔 벌려 나를 안았을 테고, 내 뒤를 졸졸 따라다니며 귀찮게 굴었을 것이다. 지금 생각하니 그때의 엄마가 좋았다. 언제부턴가 집 안의 공기마저 생기가 없다.

"다녀왔습니다."

엄마는 듣지 못한 것 같았다. 나는 살금살금 엄마 등 뒤로 걸어가다 그만두었다. 방충망이 열려 있었다. 봄비를 감상하려는 모양이라고 생각했다. 엄마를 방해하고 싶지 않았다. 그때 엄마가 베란다 난간의 중간 가로대에 발을 딛고 올라섰다. 차라리 밖으로 나갈 것이지. 이런 생각을 하고 있는데, 순식간에 엄마 등허리가 휘청하는 게 아닌가. 나는 번개처럼 달려들어 엄마 허리를 낚아챘다. 까딱했으면…… 아찔한 순간이었다. 그런데 엄마는 고마워하기는커녕 난간 위로 올라서지 못해 안달이었다. 뭐야? 진짜 죽고 싶은 거야?

"엄마! 미쳤어!"

악다구니가 절로 나왔다. 십 층 낭떠러지 아래로 떨어지지 못해 안달을 부리는 엄마가 낯설고 끔찍했다.

"놔!"

엄마가 발버둥을 치며 소리 질렀다. 고작 생각해 낸 게 자살이라니. 나는 젖 먹던 힘까지 동원해 엄마를 잡아당겼다. 일단 살려 놓고 따질 일이었다. 소리치고, 비명을 지르고 온갖 발악을 해댄 끝에 엄마를 끌어낼 수 있었다. 마치 자신이 가야 할 곳이라는 듯이 엄마의 생기 없는 눈동자가 하늘을 향해 있었다. 나는 엄마를 부둥켜안고 울기 시작했다. 엄마도 울고 있었다. 봄비처럼 소리 없는 울음이었다.

"제발 정신 좀 차려. 차리라고, 차리란 말이야!"

엄마는 저항하지 않았다. 될 대로 되라는 듯이 내가 흔들면 흔들리고, 주먹으로 사정없이 내려쳐도 꿈쩍하지 않았다. 살아도 살아 있지 않은 것 같았다. 송장이나 다름없었다. 덜컥 겁이 났다.

그 순간, 얼마 전에 있었던 일이 떠올랐다. 그날도 학원을 땡땡이치고 집에 왔지만, 엄마는 놀라기는커녕 대뜸 나를 끌어안았다. 그러고는 내 어깨를 안은 손에 힘을 주더니 이렇게 말했다.

"일찍 와 줘서 고맙구나."

"나 지금 학원 땡땡이치고 왔거든."

나는 귀찮다는 표정으로 엄마를 밀어냈다. 엄마는 표정 없이 주방으로 걸어가 컵에 물을 가득 따르며 "누가 뭐래?"라고 했다. 그리고 싱크대 서랍에서 약봉지 하나를 꺼내더니 내용물을 입안에 털어 넣었다.

"뭐야?"

"두통약."

엄마는 물을 꿀꺽 삼키며 대수롭지 않게 말했다. 나는 철석같이 그 말을 믿었다. 아니, 사실은 관심이 없었다는 게 더 정확하겠다. 그때 조금만 세심하게 엄마를 관찰했더라면……. 가슴이 먹먹해졌다.

늦은 밤, 아빠는 혼자 식탁에 앉아 소주를 마셨다. 내 전화를 받고 한달음에 달려왔지만 아빠가 할 수 있는 건 아무것도 없었다. 엄마는 시체처럼 침대에 누워 꼼짝하지 않았다. 늘어진 셔츠와 벌겋게 긁힌 자국과 퍼렇게 멍든 가슴팍이 엄마의 상태를 말해 주고 있었다. 무겁고 칙칙한 공기가 집 안을 가득 메웠다.

며칠 후 내 책상에 팸플릿 하나가 놓여 있었다. 닥종이 인형 전시회 입장권이었다.

엄마랑 다녀와라.

짧은 메모를 보고서야 아빠가 두고 간 것임을 알았다. 아빠가 같이 가 주면 더 좋았겠지만 의외였다. 어쨌든 내게 맡겨진 임무를 잘 수행해야만 했다. 엄마를 위해서, 기꺼이.

"이젠 전시회고 뭐고 다 귀찮대도."

이렇게 말하는 엄마를 강제로 전시회에 끌고 갔다. 엄마는 전시장에 도착하자마자 언제 심드렁했냐는 듯 돌변했다. 어찌나 몰입하는지 말을 걸 수도 없을 정도였다. 뭐랄까? 바라보고만 있어도 마음이 통하는 친구를 만난 것 같은 느낌이었다. 엄마 눈동자에 오랜만에 생기가 돌았다.

어느덧 새 학기가 시작되었다. 나는 다시 바빠졌다. 직업상 회식이 잦은 아빠는 늦게 들어오는 날이 많았다. 아빠는 더 이상 엄마가 하는 일에 태클을 걸지는 않았지만 그렇다고 엄마와 사이가 좋아진 건 아니었다. 다만 아빠는 아빠대로 엄마는 엄마대로 각자 바빠졌을 뿐이었다.

3월이 끝나갈 무렵, 거실 가득 졸라맨 형상을 한 철사가 늘어나기 시작했다. 졸라맨들은 곧이어 미라 형상을 하고 누워 있었다. 엄마는 아침마다 정성스레 풀을 쑤었다. 아빠와 나에게 쏟았던 정성의 절반은 미라들에게 나누어 주기로 맹세한 사람 같았다. 덕분에 미라들은 날마다 살이 붙어 통통해졌다.

"엄마, 대체 저것들은 뭐야?"

"내 자식들."

엄마는 내게 눈길도 주지 않고 대답했다.

"꼭 미라 같은 게 꿈에 나올까 무서워."

"엄마는 네가 꿈에 나올까 무섭구나. 잔소리 말고 저기 앉아서 풀 좀 칠해."

듣던 중 반가운 소리였다. 가뜩이나 엄마가 하는 일이 궁금하던 차였다. 나는 냉큼 엄마가 하는 일을 거들었다. 내게 주어진 일은 한지에 풀을 바르는 일이었다. 엄마는 풀 먹은 한지를 조각조각 손으로 찢어 미라에게 살을 붙여 주었다.

"철사 잘라 놓은 거 고맙다."

뚱딴지같은 소리였다.

"내가? 나 아닌데. 아빤가?"

내가 얼버무리자 엄마가 동작을 멈추었다. 며칠 전 아빠는 닥종이를 한 뭉치 사들고 와선 내게 슬쩍 안겨 주기도 했다.

엄마한테 비밀이라면서 말이다. 그런데 엄마는 아빠 얘기만 하면 정지 화면처럼 동작을 멈추어 버린다. 표정마저 서늘해진다.

"이거 지난번 전시회 때 봤던 미니어처 만들려는 거지? 추억 같은 거 재현해 놓은 닥종이 인형."

나는 얼른 말을 돌렸다. 엄마는 입을 꾹 다물고 다시 한지를 찢어 붙이는 데 열중했다.

"엄마는 종이접기 강사였잖아. 이건 언제 배운 거야?"

나는 엄마가 대답을 하건 말건 열심히 물었다. 예전의 엄마와 내가 뒤바뀐 것 같았다. 내 노력에도 불구하고 엄마는 닥종이 살 붙이는 일만 계속했다. 인터넷 동영상을 시청할 때 이삼 분에 한 번씩 버퍼링 걸릴 때의 느낌이랄까. 대화가 자연스럽게 이어지지 못하고 자꾸 뚝뚝 끊겼다. 아, 이런 기분이었구나. 대화는 한쪽만 노력한다고 되는 게 아니었다. 그나마 풀칠이라도 시켜 준 게 감지덕지할 따름이었다. 어떻게 하면 엄마를 도울 수 있을까?

이때 좋은 아이디어가 떠올랐다.

"우리 반 애들 미니어처 만들어 주면 안 돼?"

마침 환경 미화 기간이었다. 엄마가 고개를 갸웃하며 양 볼이 볼록하게 바람을 불어넣었다. 그러고는 바람을 푸우 불어내더니 아랫입술만 삐죽 내밀었다. 엄마는 아랫입술을 깨물며 허공으로 시선을 던졌다. 폭발 일보 직전일 때 짓는 표정이다.

"아아 아니. 뭐 나는 그냥……. 알았어. 입 다물고 풀칠이나 할게……요."

알아서 깨갱해야 할 시점이었다. 공부에만 전념해도 모자랄 판에 엄마 눈치까지 살펴야 하다니. 괜스레 서러운 생각이 들었다.

"음, 그거 재밌겠다."

잘못 들었나? 나는 고개를 번쩍 들었다. 오랜만이었다. 생기 있는 엄마 목소리. 엄마 표정이 점점 밝아졌다.

"그럼 약속한 거다."

나는 새끼손가락을 들어 재차 확인했다. 엄마가 소리 없이 웃었다. 엄마는 반 아이들 단체 사진과 한 명, 한 명의 특징을 관찰해서 알려달라고 했다. 나는 선뜻 그러겠다고 했다.

"애들한테 교복 입혀 놓으면 정말 재밌겠다. 그치?"

괜히 흥분되어 더 떠들었다. 엄마는 언제 완성될지 모르겠다고 했다. 아무래도 상관없었다. 어쨌든 엄마한테는 즐거운 시간일 테니까. 그거면 충분했다.

그 후 우울했던 집 안에 조금씩 생기가 돌기 시작했다. 새로워진 건 없었지만 공기가 달라진 건 분명했다. 그러던 어느 날, 엄마가 내 손을 잡고 작은방으로 이끌었다. 잡동사니를 쌓아 두었던 작은방을 작업실로 쓰기 시작한 건 알고 있었다. 당연히 나는 미라들의 변신도 기대하고 있었다. 하지만 방문을 열자 온통 벌거벗은 닥종이 인형들뿐이었다.

"와 피부색이 달라졌네."

하마터면 '애개' 하고 탄식을 내지를 뻔했다. 동양인의 상징인 피부색을 입힌 것 말고는 달라진 게 없었다. 다행히 엄마는 눈치채지 못했다. 그때 작업 탁자 위에 굴러다니는 약봉지가 눈에 띄었다.

"엄마, 아직도 약 먹어?"

내가 약봉지를 가리키며 묻자 엄마는 당황하며 바닥에 있던 종이를 주워 등 뒤로 숨겼다.

"아무것도 아니야."

"뭔데? 보여 줘 봐."

엄마가 시선을 피하며 종이를 구겨 쥐었다. 주먹 쥔 손은 완강해 보였다. 뭔데, 뭔데 그래. 내가 달려들자 엄마는 주먹을 사방으로 흔들어 댔다. 결국 종이 뭉치는 내 손에 쥐어졌다. 나는 의기양양하게 종이를 펼쳤다. '처방전' 제일 먼저 눈에 들어온 단어였다. 그다음으로 '정신과'라는 단어에 내 눈이 멈추었다. 솔직히 너무 놀라서 표정을 숨길 수 없었다.

"엄마가 좀 아프다."

아빠가 일러 준 말이 있기는 했다. 베란다 사건이 떠올랐다. 왠지 두렵고 무서웠다. 엄마가 종이를 빼앗았다.

"이제 약 안 먹고 버텨 보려고 약국에 안 가져 간 거야."

"……."

"그래, 우울증이란다. 많이 좋아졌으니까 걱정하지 않아도 돼요, 따님."

참으려고 했는데 자꾸 눈물이 나오려고 했다. 눈물이 그렁그렁 맺힌 내 눈을 엄마가 닦아 주었다.

4월이 시작되었다. 중간고사 기간이었지만 나는 과감하게 학원을 그만두었다. 친구들은 다 미쳤다고 했지만 나는 분명히 정상이었다. 나는 엄마와 동업을 시작했다. 덕분에 엄마와 나는 티격태격 싸우는 일이 많아졌다. 할 얘기는 또 얼마나 많은지.

"엄마. 앤 잘록한 허리가 포인트야. 근데 이렇게 보릿자루 뒤집어 놓은 것처럼 만들어 입히면 어떡해!"

"애들은 바비 인형이 아니야. 왜 자꾸 바비 인형 스타일을 애들한테 입히려는 거니? 애들은 그저 평범한 보통 애들이라고 몇 번을 말하니?"

"평범하다고? 햐, 아무리 작품은 작가를 닮는다지만 그건 아니지. 이렇게 팔다리 짧은 종족은 선사 시대라면 평범했을지 몰라도 지금은 눈에 확 띄거든?"

"뭐? 너 말 다 했니? 그래 넌 팔다리 길어서 차암 좋겠구나."

엄마가 내게 꿀밤을 먹이며 말했다.

"아니 무슨 엄마가 딸내미 팔다리 긴 걸 질투하냐!"

"그래, 나는 팔다리 길고 쭉쭉빵빵한 것들이 모조리 싫다아!"

엄마가 콧등에 잔주름을 지으며 으르렁댔다. 눈은 마냥 웃으면서. 그러고는 내가 엄마 배 속에서 태어났음을 거듭 강조하고 또 강조했다. 닥종이 인형은 가슴으로, 나는 자연 분만으로 낳은 예술 작품이라나 뭐라나. 아무튼 깨알 같은 자기 자랑을 늘어놓았다. 나는 그런 엄마가 살짝 귀여웠다.

"너 시험공부 해야지. 엄마 혼자 할 테니까 가서 공부해라. 얼른!"

"알았어요. 그렇지 않아도 엄마가 잔소리 할 때가 된 거 같았어."

"한 달간 작업실 출입 금지다. 엄마도 지금부터 작업에 몰두해야 되거든?"

"오오! 그러니까 진짜 예술가 같잖아."

칭찬이었는데 엄마가 살짝 삐치는 시늉을 했다. 그러고는 마치 비밀이라도 털어놓을 것처럼 상체를 내 앞으로 쑥 내밀었다. 은밀하고도 자부심이 묻어나는 표정이었다.

"엄만 원래 닥종이 공예를 먼저 했어. 네 아빠 만나는 바람에 접었지만. 보다시피 시간과 정성이 오래 걸리는 작업이잖니."

"오홍! 그러니까 아빠랑 연애하느라……?"

"얘기가 그렇게 되나? 아무튼 닥종이 전시회에 데려가 준 거 고맙다."

아빠와의 연애담을 고백하다니. 닥종이가 엄마 마음까지 포근하게 만든 걸까?

엄마는 기다렸다는 듯이 '출입 금지'라는 푯말을 방문에 내걸었다. 나는 쫓겨나다시피 방에서 나왔다. 엄마가 나를 밀어내다니. 엄청난 변화였다. 예전의 엄마는 어땠지? 무표정한 얼굴로 텔레비전을 응시하던 엄마가 떠올랐다. 버릇처럼 내뱉던 청춘 타령도. 그뿐인가.

'무슨 일 있었어? 친구랑 싸웠니? 급식은 맛있었니? 오늘 메뉴는 뭐였어?' 집에 돌아오면 엄마는 내 뒤를 졸졸 따라다니며 물어 댔다. 하루 종일 주인만 눈 빠지게 기다린 애완견처럼. 아, 짜증 나! 제발 나 좀 내버려 둬. 나는 버릇처럼 늘 엄마에게 짜증을 냈었다.

변화는 또 있다. 닥종이 전시회는 절대 우연이 아니었다는 말씀. 아빠가 보이지 않게 외조를 하고 있다는 증거다. 이것도 우리 가족에겐 제법 큰 변화였다.

아무튼 우리는 한 달 동안 서로의 영역을 침범하지 않았다. 절대로! 그리고 드디어 중간고사를 마친 날, 나는 곧장 집으로 돌아왔다. 오랜만에 엄마가 해 주는 떡볶이가 먹고 싶었다.

"다녀왔습니다!"

일부러 큰 소리로 인사했다. 그러나 엄마는 얼굴도 내밀지 않고 "왔니?" 하고 대답만 할 뿐이었다. '출입 금지'라는 푯말이 묵직하게 느껴졌다. 나는 하는 수 없이 우유에 시리얼을 타 먹으면서 엄마가 방에서 뛰쳐나와 '시험은 어려웠니? 쉬웠니? 잘 봤니?' 하고 질문 세례를 퍼부어 주길 기대했다. 하지만 집 안은 쥐죽은 듯 고요했다. 나 역시, 이 정적을 깨뜨리고 싶지 않았다.

시리얼을 먹고 나니 그럭저럭 배가 불렀다. 나는 소파에 벌렁 드러누워 베란다로 쏟아지는 봄 햇살을 넋을 놓고 바라보았다. 정신이 몽롱해지고 눈꺼풀이 무거워졌다.

"윤주야, 이리 좀 와 봐."

정적을 깨뜨린 건 엄마였다. 나는 엄마 목소리에 벌떡 일어났다. 나도 모르게 스르르 잠이 들었던 것이다.

"윤주야!"

엄마가 재차 내 이름을 불렀다.

"지금 가."

나는 비몽사몽 비틀거리며 걸어갔다. 작은방이 꿈처럼 멀게 느껴졌다.

"엄마……."

마침내 금지 구역이었던 방문을 여는 순간, 나는 할 말을 잃고 말았다. 내 앞에 펼쳐져 있는 형상들이 꿈인지, 생시인지 헷갈렸기 때문이다. 나는 순간 걸리버가 된 줄 알았다. 이건 절대 오버가 아니다. 그저 입에선 '와아!' 하고 끊임없이 탄성이 새어 나올 뿐이었다.

"드디어 완성했다. 어때?"

자신감이 충만한 말투였다. 엄마, 이런 사람이야. 이렇게 얘기만 하지 않았을 뿐. 엄마가 어깨를 으쓱해 보였다.

"박물관에 전시해도 되겠어. 이렇게 모아 놓으니까 끝내준다. 저거 우리 담임 맞지?"

"비슷하니?"

담임 별명은 밤송이다. 머리스타일 때문에 붙여졌다. 엄마는 밤송이 같은 느낌까지 세세하게 살려냈다. 매일 한지를 수없이 붙이고 말리는 과정을 반복했을 엄마의 노력이 빛을 발하고 있었다. 철사로 뼈대를 만들고, 한지를 하나하나 정성스레 뜯어 붙이고, 직접 물들이는 과정이 선하게 떠올랐다. 통통하고 짧은 다리, 볼록 튀어나온 광대뼈, 익살스런 표정과 환한 미소들, 때로는 엄숙하고 경건한 표정들까지. 각기 다른 표정들이 엄마가 오랜 시간 인형들에게 공들였음을 증명하고 있었다.

"얘가 나야? 아, 뭐야. 실물보다 못생겼잖아. 너무해! 근데 거울 공주는 정말 똑같아. 표정 봐, 자뻑 완전 쩔어. 앤 딱 봐도 허세네. 표정에서도 허세 작렬. 큭!"

나는 아이들 별명을 하나하나 불러가며 재잘거렸다. 그런 나를 엄마가 흐뭇하게 바라보았다.

"일단 사진 찍어서 반 카톡에 올려야지. 애들 난리 나겠는데."

정말이었다. 카톡으로 사진을 올리는 족족 아이들 반응은 폭발적이었다.

"이거 거실에 전시해 놓자. 아빠가 보면 놀라지 않을까?"

"아빠는 생물을 좋아하는 데다 실익을 따지는 사람 아니니. 또 쓸데없는 짓 한다고 쓴소리 하겠지, 뭐."

그렇긴 하다. 엄마가 하는 일은 돈벌이가 되지는 않았다. 아빠가 못마땅해 하는 것도 그 점이었다. 엄마는 턱을 괴고 한숨을 폭 내쉬었다. 반신반의하는 표정이었지만 싫지는 않은 것 같았다. 이 기회를 놓칠 수는 없었다. 분명히 아빠도 기대하고 있을 테니까. 엄마만 이 사실을 모르고 있다. 내친 김에 나는 앞장서서 거실을 전시장으로 만들었다. 우선 작업용 탁자를 거실 한가운데로 옮겼다. 엄마도 못 이기는 척 도와주었다. 엄마는 커튼을 만들려고 사 두었던 공단으로 탁자를 덮었다. 작업하면서 생긴 얼룩이나 흠집들이 말끔하게 사라졌다. 닥종이 인형 배치는 엄마가 세세하게 지시했다.

'만나서 반가워요. 나를 소개할게요.' 나름 주제가 있는 기획이었다. 그동안 엄마가 재주를 발휘하지 못한 게 억울할 정도로 훌륭했다.

나는 아빠한테 수시로 전화를 걸어서 빨리 들어오라고 재촉했다. 초등학교 3학년 이후로 하지 않던 일이었다. 아빠는 내가 대형 사고를 친 게 틀림없다고 짐작하는 눈치였다. 평소에 안 하던 짓을 하니 의심을 받는 건 당연했다. 나는 정말 대형 사고를 치기라도 한 양 안절부절못하는 척 연기를 했다. 자라 보고 놀란 가슴은 솥뚜껑 보고도 놀란다고 했다. 엄마 때문에 놀란 마음이 아직 진정되지 않은 듯했다. 축지법을 써서라도 달려올 기세였다. 아빠에겐 좀 잔인한 방법이었지만 어쩔 수 없었다.

딩동!

아빠였다. 우리는 얼른 불을 끄고 작은방으로 숨었다. 비밀번호를 누르는 소리에 이어 현관문 열리는 소리가 들렸다.

"정윤주."

다급한 아빠 목소리. 쿵쿵쿵 거실로 들어오는 소리가 들렸다. 거실 한가운데서 어리둥절한 얼굴로 서 있을 아빠 얼굴이 떠올랐다. 엄마랑 합동으로 아빠를 골탕 먹인다고 생각하니 자꾸 웃음이 나왔다. 덩달아 엄마도 웃음을 참느라 배꼽을 잡고 있었다.

거실 스위치가 켜졌는지 방문 틈으로 불빛이 새어 들어왔다. 이상하다. 너무 조용했다.

우리는 방문에 귀를 바짝 갖다 댔다. 뭐야, 아빠는 소인국을 보고도 아무렇지 않은 거야? 실망이었다. 엄마가 팔짱을 끼고 벽에 기대섰다. 입술을 잘근잘근 씹어 대는 걸 보니 불안한 모양이었다. 하지만 한 가지 다른 점이 있었다. 엄마에게선 더 이상 아빠가 강요하는 삶을 살지는 않을 것 같은, 어떤 의지가 느껴졌다. 예상을 빗나가는 상황에 나는 후회하고 있는 중이었다.

엄마는 방문을 조심스럽게 열었다. 거실에는 아무도 없었다. 엄마와 나는 눈을 동그랗게 뜨고 마주 보았다. 우리는 흠칫흠칫 돌아보며 거실 한가운데까지 걸어갔다. 소인국은 흐트러짐 없이 그대로였다.

열려 있던 안방 문이 닫혀 있었다. 아빠가 단단히 화가 난 것 같아 걱정이 앞섰다. 아무래도 내가 무리수를 둔 것 같았다. 어느덧 베란다 밖은 불 켜진 수많은 창이 밤 풍경을 장식하고 있었다.

엄마는 소파에 털썩 주저앉아 전시된 닥종이 인형을 바라보았다. 실망한 기색이 역력했다. 나는 굳게 닫힌 안방 문을 열 자신이 없었다. 언제부턴가 엄마는 작업실, 아빠는 안방을 차지하고 따로따로 지냈다. 그래서인지 엄마도 선뜻 안방 문을 열 자신이 없는 듯했다. 폭풍 전야 같은 긴장감이 흘렀다.

그때 엄마가 탁자 위를 손가락으로 가리켰다. 한 곳이 비어 있다. 설마, 아빠가? 엄마와 내 눈이 마주쳤다. 엄마도 같은 생각인 듯했다. 앞장 서. 엄마가 고갯짓으로 명령했다. 그래, 어차피 내가 벌려 놓은 일이니 수습도 내가 하는 거다. 나는 심호흡을 크게 하고 돌아섰다. 굳게 닫힌 안방 문이 숭례문처럼 크고 웅장하게 느껴졌다. 노크해 봐. 엄마가 손짓으로 말했다. 문짝에 귀를 쫑긋 세우고 노크를 하려는 찰나였다. 에헴! 아빠의 헛기침 소리에 화들짝 놀라 저절로 몸서리가 쳐졌다. 이어서 벌컥, 방문이 열렸다. 그런데 아빠가 먼저 놀란 눈치다. 사라진 닥종이 인형은 아빠 손에 들려 있었다. 아빠 손 위로 모두의 시선이 쏠렸다.

어색한 침묵이 흘렀다.

"난 줄 알았는데 자세히 보니까 아니더라고……. 내 건 없나?"

아빠가 닥종이 인형을 제자리에 갖다 놓으며 혼잣말을 했다. 저 인형은 '변태'잖아? 엄마와 내가 서로 눈빛을 주고받았다. 아직도 유생에서 성체로 변하고 있는 중이라고 우리 반 아이들이 그 인형의 주인공에게 붙인 별명이다. 1학년 때 별명은 야동이었던 아이다. 풉! 푸하핫! 나도 모르게 웃음이 터져 버렸다.

"왜 비웃어? 나도 한때 유, 유머러스했다고! 허 참! 다, 답답하네."

말까지 더듬으며 아빠가 변명했다.

"아빠. 이 캐릭터는 변, 아얏!"

엄마가 내 허리를 꼬집었다. 그 바람에 뒷말을 꿀꺽 삼켜 버렸다. 와, 동업자한테 이래도 되는 거야? 내가 어이없어 하자 엄마가 눈을 찡긋해 보였다. 하긴 어릴 땐 아빠가 날리는 장풍에 능청스럽게 뒤로 넘어가 주던 내가 아니었던가. 아빠도 그런 때가 있었지. 어쩌면 보이지 않는 벽은 나 스스로 만들고 있었는지도 모른다. 아빠는 뒷짐을 지고 닥종이 인형 관람에 흠뻑 빠져 있었다. 견학 온 어린애처럼 눈동자를 반짝거리며.

그때 메시지 알림음이 울렸다.

–정말 훌륭한 솜씨다. 학교 이야기를 테마별, 주제별, 시대별로 재현해 보는 건 어떠신지 어머니께 여쭤 보렴. 시간은 얼마든지 드린다고. 그에 대한 정당한 대가를 드릴 수 있도록 힘써 보마. 나중에 학교에서 전시회를 열면 어떨까. 내가 학교에 제안을 해 보려고 하는데. 그리고 나를 멋지게 만들어 주셔서 고맙다고 전해드려라.^^

담임이었다.

반 카톡은 더 난리였다. 엄마는 순식간에 유명 인사가 되어 있었다. 엄마 얼굴에 웃음꽃이 화알짝 피었다. 아이들 댓글이 신기한지 아빠도 슬쩍 곁눈질했다. 엄마 아빠가 머리를 맞대고 있었다. 이런 모습 오랜만이다. 참 보기 좋다.

–장모님. 작품 활동에만 전념하십시오. 윤주는 제가 책임지겠습니다.

–조금만 날씬하게…… 어떻게 좀만 안 될까욤?

–턱 좀 깎아 주시면 은혜는 잊지 않을 거임. 제발여!

–조으다. 조으다.(좋아. 좋아.)

–우리 가족 비주얼에도 도전해 보세여. 정말 쩔어요.

–완전 대박임돠!

–사롸 있네!(살아 있네!)

반응도 가지가지였다.

"녀석들. 말버릇들 하고는. 통 알아들을 수가 있어야지. 외국어도 아니고 원. 쯧쯧!"

아빠가 혀를 찼다. 그러고는 비뚤어진 닥종이 인형을 슬쩍 바로 잡는다. 그 모습을 보고 엄마가 피식 웃었다. 나는 이때를 놓치지 않고 아빠에게 물었다.

"아빠, 엄마 솜씨 어때요?"

아빠가 망설임 없이 대답했다.

"조으다. 조으다. 대박!"

유행어를 국어책 읽듯이, 게다가 똥 씹은 표정으로. 아빠 나름의 유머였다. 썰렁. 이 분위기 어쩔 거야. 아빠가 딴전을 부리며 피식 웃었다. 엄마가 웃음을 터뜨렸다. 이로써 엄마 아빠는 완전한 봄을 맞이한 듯했다. 나는 슬그머니 내 방으로 돌아왔다. 내 마음에도 이제야 봄이 찾아왔다.

하모니카를 불어 줘

삑빽 삑빽 빽빽!

하모니카를 아무리 불어도 명진이가 오지 않는다. 무슨 일이지?

삑빽 삑빽 빽빽!

무슨, 무슨 일이지? 이런 적 없었는데. 항상 제일 먼저 달려오던 명진이었다. 내 하모니카 소리는 점점 날카로워졌다. 불현듯 떠오르는 엄마 목소리. 아직도 너무 생생해서 온몸의 촉각이 곤두선다.

"아들, 어디 불편하니? 일으켜 줄까?"

하모니카만 불면 언제든 달려오던 엄마. 그런 엄마가 어느 날 홀연히 사라졌다. 하모니카만 불면 언제 어떤 일이 있어도 짠, 하고 나타나겠다던 엄마가. 어쩌면 명진이, 명진이도……. 나는 불안한 마음에 연신 하모니카만 불어 댔다.

어수선한 분위기도 심상치 않다. 이럴 땐 하모니카, 하모니카뿐이다. 귀를 막고 있던 봉사자가 하모니카를 향해 손을 뻗었다. 나는 하모니카를 움켜쥐고, 온몸의 힘을 뒤통수에 실어 봉사자를 밀어냈다. 봉사자가 당황한 듯 허둥거렸다.

이 소동을 지켜보던 김 선생이 뛰어와 봉사자를 제지했다.

"이 형제에게 하모니카는 분신이나 다름없어요. 여기 들어올 때부터 신주 모시듯 가슴에 품고 있던 거예요. 그러니까 빼앗지 마세요."

아…… 네. 봉사자가 동작을 멈추었다. 함께 온 봉사자들이 우르르 몰려들었다. 그들의 눈은 머리카락을 죄다 쥐어뜯은 것처럼 휑한 내 뒤통수에 멈춰 있다. 나는 온몸의 힘을 뒤통수에 실어 그들의 시야에서 벗어나려 발버둥을 쳤다.

"용석이 휠체어에 앉히세요."

어느새 원장이 다가와 말했다. 다른 교사가 재빨리 휠체어를 끌고 왔다. 김 선생이 나를 들어 올려 휠체어에 앉히며 끙, 숨을 토해 냈다. 원장이 자꾸 시계를 들여다보았다. 무슨 일인지 연신 두 손을 비비고 깍지를 꼈다 풀었다 했다. 그러고 보니 교대로 나오던 교사 다섯 명이 모두 나왔다. 게다가 이렇게 이른 시간이라니.

"삐! 며허헝."

"사춘긴가 부쩍 부끄럼을 많이 타네요."

김 선생이 멋쩍은 듯 내 머리를 흩트리며 말했다. 나는 답답한 마음에 애꿎은 하모니카만 흔들어 댔다.

"며흐허엉. 빽!"

이번엔 김 선생이 웃는다. 제발!

"고맙다고? 알았어. 자식!"

김 선생이 내 어깨에 가벼운 펀치를 날리며 익살스럽게 말했다. 아니, 아니라고요! 속이 터질 것 같았다. 명진아, 명진아. 나는 하모니카를 불어 대며 몸부림을 쳤다. 봉사자들의 표정이 점점 일그러졌다.

그때였다.

"아악 악!"

명진이 목소리다. 쿵쿵쿵 계단을 올라오고 있다. 알람처럼 정확했던 저 발소리. 사라진 게 아니었어.

"얘, 씻다 말고 어딜 가니!"

봉사자가 명진이를 쫓아와서는 덥석 붙들었다. 명진이가 비명을 질러 댔다. 봉사자가 사색이 된 얼굴로 명진이를 놓아 주었다. 명진아! 나는 뻣뻣한 팔과 다리를 흔들며 헤벌쭉 웃었다. 명진이가 뛰어와 와락 안겼다.

"여태 재 찾느라 하모니카를 불어 댄 거예요?"

누군가 물었다. 또 누군가는 이산가족 상봉 같다고 했다.

"둘이 한날한시에 들어왔어요. 그래서인지 친형제처럼 서로 많이 의지해요. 얘는 하모니카 소리만 듣고도 형이 어떤 기분인지, 뭘 원하는지 제일 먼저 알아차린다니까요. 가끔은 하모니카를 형에게 불어 주기도 하는데 들으면 모두 반할 걸요. 가르친 적도 없는데 신기하죠?"

김 선생은 내 말을 못 알아들은 것 때문인지 괜히 머쓱해하며 말했다.

전화벨이 요란하게 울렸다. 교사 한 명이 잽싸게 뛰어가 받았다.

"원장님요?"

요즘 원장을 찾는 전화가 부쩍 늘었다. 휴대 전화가 연달아 울려 대기 시작했다.

잠시 후 원장이 들뜬 목소리로 말했다.

"오늘 장애인 복지 재단 '씨앗' 대표께서 우리 '은혜의 집'에 방문하십니다. 우리나라 최고 기업인 '거인 그룹'의 후계자이기도 하지요. 후원 받을 수 있는 좋은 기회입니다. 조금 불편하겠지만 우리 모두를 위한 것이니 적극 협조해 주세요."

사거리 교회에서 파견된 봉사자들이 요리 팀, 청소 팀, 돌봄 팀으로 나누어 일사불란하게 움직였다.

"대표님 차가 모퉁이를 돌았대요. 아이들 일 층으로 이동시키고 김 선생님, 밖에서 안내 좀 부탁해요."

아래층에서 누군가 소리쳤다. 김 선생은 벌써 아래로 내려가고 있었다. 실내는 더욱 분주해졌다.

바깥은 자동차 경적 소리와 사람들 웅성거리는 소리로 시끄러웠다. 봉사자들이 들락날락하는 것에 익숙한 아이들도 특별한 낌새를 느낀 모양이다. 평소와 다르게 팽팽한 긴장감이 맴돌았다. 무슨 일이지? 나는 하모니카를 잡은 손에 더욱 힘을 주었다.

드디어 현관문이 열렸다. 그 순간, 수많은 취재진들이 기다렸다는 듯이 몰려들었다. 사방에서 카메라 불빛이 번쩍거렸다. 나는 쏟아지는 불빛에 눈을 질끈 감았다. 취재진들이 서로 앞자리를 차지하려고 다투었다. 밀고 밀리는 소동이 벌어지는 동안 나는 하늘을 올려다보았다. 구름 한 점 없는 파란 하늘, 정말 오랜만에 본다.

"대표님 차다!"

까만 양복을 입은 사람이 홱 돌아서더니 소리쳤다. 그가 마당 입구 쪽으로 내달리자 너도나도 그 뒤를 쫓아가기 시작했다. 그들은 몸싸움도 서슴지 않았다. 순식간에 현관 앞이 휑해졌다.

그제야 나는 빨래가 곱게 담긴 커다란 고무 대야와 깔끔하게 정리된 수돗가를 볼 수 있었다. 항상 빨래가 널브러져 있던 수돗가였다. 어색하고 낯설었다. 이 틈을 이용해 교사들은 우리를 코스모스가 하늘거리는 담벼락에 나란히 세웠다. 우리는 부상 당한 패잔병들처럼 고분고분 따랐다.

그사이 까만 승용차 한 대가 미끄러지듯 들어섰다. 취재진과 카메라들이 약속이나 한 듯 달려들었다. 문이 열리자 한 여자가 차에서 내렸다. 여자는 날이 선명하게 다려진 흰 바지에 회색 티셔츠를 입었다. 그녀는 얇고 보드라운 하늘색 스웨터를 걸치며 취재진들을 향해 환하게 웃어 주었다. 여자의 굵은 웨이브 머리가 햇빛에 반짝였다. 곧 여자를 향해 질문 세례가 쏟아졌다. 여자는 당황하지 않고 차분하게 대답했다.

얼마 후 여자가 취재진들을 향해 목례를 하고 걸음을 옮겼다. 그녀를 수행하는 무리들이 날카롭게 주변을 둘러보았다. 갑자기 온몸이 굳어지는 느낌이었다. 범접할 수 없는 기운이 뜰을 가득 메우고 있었기 때문이다. 교사들과 봉사자들도 처분을 기다리는 죄인마냥 눈치만 살피고 있었다.

여자가 다가와 멈추었다. 취재진들이 몰려들었다.

"소문으로만 듣던 여러분을 만나게 되어 반갑습니다."

여자는 아이들과 일일이 눈을 맞추며 웃었다.

원장이 나섰다.

"보시다시피 몸도 가누지 못하는 중증 장애아들입니다. 대부분 정부에서 인정하는 법인 시설에 입소할 수 없거나 부모가 있어도 적절한 보호를 받을 수 없어 방치된 아이들이지요."

"……그렇군요. 그동안 아무 도움을 못 드려서 부끄럽습니다."

대표가 허리를 굽혔다. 향긋한 냄새가 코끝을 자극했다. 나는 향기를 맡기 위해 턱을 들었다. 그녀와 눈이 마주쳤다. 나도 모르게 입이 헤 벌어졌다. 기다렸다는 듯이 사방에서 카메라 불빛이 반짝였다. 자동으로 눈이 감겼다. 내 표정이 웃겼나 보다. 사람들이 웃음을 터뜨렸다.

"반갑게 맞아 주어서 고마워요!"

대표가 내 손을 잡으며 말했다. 모두의 시선이 내게 쏠렸다. 이상하다. 여기 오는 대부분의 사람들이 똑같은 말을 하는 게. 그렇게 믿고 싶은 걸까? 굳이 솔직해지자면 나는 엄숙하고 근엄한 분위기를 별로 좋아하지 않는다. 나는 미안하고 쑥스러워서 웃고 또 웃었다. 나도 예의를 차릴 줄은 아니까. 대표의 눈이 내 하모니카에서 멈추었다.

"하모니카 솜씨 좀 들려줄 수 있어요?"

솜씨. 나는 솜씨라는 말에 조금 흥분했던 것 같다. 수십 개의 눈동자가 나를 지켜보고 있었다. 하모니카를 잡은 손에서 땀이 났다.

"아, 솜씨라기보단 어눌한 말을 대신하는 것이랍니다. 저희는 늘 듣기 때문에 익숙하지만……."

빽!

나도 모르게 하모니카를 세게 불었다. 뾰족한 소리가 고막을 찌를 듯했다. 하모니카만큼은 인정받고 싶은 내 안의 무언가가 꿈틀했던 것 같다. 원장의 말을 끝까지 듣고 싶지 않았다.

이런!

모든 게 멈춘 듯 너무 조용했다. 파드득. 담장 위를 날아오르는 새의 날갯짓에 심장이 쿵, 내려앉았다. 날이 선 사람들의 시선이 화살촉처럼 날아와 내 얼굴에 꽂혔다. 산통을 깬 놈이 너지? 조준을 마친 눈동자들이 나를 조여 오는 듯했다.

불현듯 이런 침묵 끝에 내가 겪어야 했던 끔찍한 공포가 되살아났다.

"엄마 필요하면 언제든지 하모니카를 불어. 엄마가 쏜살같이 달려올 테니까."

그렇게 엄마가 내게 쥐어 주었던 하모니카였다.

빽빽삑삑! 뿜뿜뿜!

그날따라 아무 기척도 느낄 수 없었다. 나는 미친 듯이 하모니카를 불어 댔다. 하모니카를 불지 않는 동안의 고요가 그처럼 두려웠던 적은 없었다. 하지만 나의 직감은 틀리지 않았다. 정말로 엄마……는 영영 나타나지 않았다.

이런 내 마음을 읽었는지 명진이가 내 앞에서 리듬을 타기 시작했다.

"더 더 더 더……."

신호였다. 명진이가 머리를 흔들며 중얼거렸다. 주문을 외우는 것 같기도 하고, 헤드뱅잉을 하는 것 같기도 했다. 점점 흥이 났다. 역시 너밖에 없어. 나는 더 신 나게 하모니카를 불었다.

문득 5년 전, 우리가 처음 만났던 날이 떠올랐다. 그때도 명진이는 고집스런 표정으로 무어라 중얼거리고 있었다. 나 역시 하모니카를 빽빽 불어 대고 있었다. 우리는 은혜의 집에 버려진 존재였다. 보호자가 쪽지 한 장만 달랑 남기고 사라진 것도 똑같았다. 나는 여덟 살, 명진이는 다섯 살. 우리는 어렸다. 알 수 없는 두려움 때문인지 우리는 각자 자신만의 언어로 열심히 징징거렸다. 할 수 있는 건 그것뿐이었으니까. 나는 본능적으로 알 수 있었다. 내 하모니카와 명진이의 중얼거림이 같은 것이라는 걸.

사람들이 웅성거렸다.

"자폐증을 앓고 있는 아이예요. 신기하게도 이 형제가 부는 하모니카 소리에만 반응해요. 꼭 둘만의 암호가 있는 것 같다니까요."

원장이 당황하지 않고 명진이를 소개했다. 곳곳에서 '천재'라는 단어가 튀어나왔다.

"몸과 마음은 성치 않지만 영혼이 맑은 아이들이군요. 모두 여러분 덕분입니다."

대표가 차분하게 말했다.

사람들이 내게 엄지를 들어 보였다. 나는 우쭐해져서 방시레 웃었다.

"저희도 사람인지라 가끔은 회의를 느낀답니다. 그럴 때마다 주님께서 위로해 주시고 어려움을 극복할 수 있도록 은혜를 주시더군요. 보세요, 이렇게 대표님을 보내 주셨잖아요."

원장이 허리를 넙신 굽히며 말했다. 목소리에 아부가 묻어났다. 형식적인 대화가 이어졌지만 사람들 반응은 시들했다. 수행원 중 한 명이 재촉하며 나섰다.

"일정이 빡빡한데 빨래 봉사를 진행할까요? 자, 모두 협조해 주세요."

분위기를 바꾸려는 것이다. 기다렸다는 듯이 사람들이 뿔뿔이 흩어졌다. 교사들과 봉사자들이 부산을 떨며 종종걸음을 쳤다. 왁실왁실 왁자지껄 활기가 넘치자 취재진들도 바빠졌다.

"저기 헤드뱅잉. 네, 그 아이. 대표님과 마주 보게 세우세요."

수행원이 명진이를 지목했다. 대표는 바지를 무릎까지 걷어 올리고 맨발로 고무 대야에 들어섰다. 김 선생이 명진이를 번쩍 안아 대표 옆에 세웠다.

"대표님 양손을 잡으세요. 얘들아 웃어. 그렇지 그거야!"

첨벙첨벙 물소리, 웃음소리, 발자국 소리. 나는 넋 놓고 그 모습들을 바라보았다. 이따금 대표가 나를 향해 미소를 지어 보였다. 가을 햇살이 내 눈동자 위로 내려앉았다. 눈이 부셨다. 빨래 봉사는 일사천리로 진행되었다.

"대표님, 이 층에서 점심 봉사가 준비되어 있습니다."

수돗물에 발을 헹구고 돌아선 대표에게 수행원이 마른 수건을 건네며 말했다.

"하모니카 소년은 내가 데리고 올라갈게요."

대표가 구겨진 바지를 탁탁 털며 말했다. 와아, 하모니카 소년이란다. 날이 서야 할 부분을 두 손으로 쭉쭉 늘리는 대표를 향해 나는 연방 미소를 날렸다.

대표가 내 앞으로 다가왔다. 그녀를 따라 카메라들이 먹구름처럼 몰려들었다. 이 층으로 올라가자 옹기종기 모여 있던 아이들이 일제히 나를 째려보았다. 모두들 잔뜩 뿔이 나 있다.

'왜 너만 사진 찍어?'

아이들이 표정으로 말했다. 졸지에 내가 질투의 대상이 되다니. 좀 우스웠다. 그래서 또 벙싯 웃어 주었다. 사람들이 그런 나를 미소 천사라며 부추겼다. 하여튼 이놈의 인기란. 질투 어린 아이들 시선이 부담스럽기는 했지만 날아갈 것 같은 기분은 감출 수 없었다.

"이 아이 식사는 내가 돕고 싶은데, 혹 예쁜 누나가 아니라서 싫어할까요?"

대표가 농담을 하며 자연스레 봉사자가 챙겨 온 식판을 받아 들었다.

뿌붐뿌붐.

"어라, 저건 기분 좋을 때 내는 소린데. 대표님이 맘에 드나 봅니다."

김 선생이 능청을 떨며 말했다. 빙고! 내가 콧등을 찡긋해 보였다. 한바탕 웃음이 지나갔다.

"자, 엄마라고 생각하렴."

대표가 내 목에 손수건을 둘러 주며 말했다. 그녀의 손에서 비누 냄새가 났다. 엄마……. 오랜만에 불러 보는 이름이다.

"아."

밥숟가락이 내 입속으로 들어왔다. 나는 한 입, 두 입 얌전하게 받아먹었다. 대표가 옳지, 하며 흡족한 미소를 지었다. 그때마다 카메라 불빛이 번쩍거렸다. 엄마가 밥 먹여 줄 때도 이랬어야 했는데. 엄마 생각에 울컥 목이 메었다.

까만 양복이 물었다.

"대표님께서 올해의 최고 경영자로 뽑히셨습니다. '거인 그룹'을 호령하는 여성 CEO라는 이미지와 전혀 다른 모습을 보여 주고 계신대요. 항간에는 정치에 발을 들여놓기 위한 행보라는 소문이 있습니다. 『여자는 약하지만 어머니는 강하다』라는 책도 출간하셨는데요, 혹시 전략이신가요?"

대표가 내 입가를 닦아 주다 동작을 멈추었다.

"전략이라니요. 저도 집에 돌아가면 그냥 평범한 엄마인 걸요. 평소의 제 모습을 보여드리고 싶은 것뿐입니다. 물론……."

대표는 식판에 남은 밥알들을 깨끗이 긁어모아 한 숟가락을 마저 떴다. 내가 먼저 아, 입을 벌렸다. 마지막 밥숟가락이 내 입속으로 들어왔다. 대표가 식판과 숟가락을 탁자에 올려놓고 바닥에 책상다리를 하고 앉았다.

"이 아이들의 부모님들, 교사들 마음고생에 비하겠습니까. 그저 책상에 앉아서 장애인 복지를 운운하는 건 창피한 일이잖아요. 직접 발로 뛰면서 고통을 체험하고 나누고자 할 뿐입니다. 원장님만 봐도 알 수 있잖아요? 어머니 같은 마음이 없으면 가능하지 않은 거예요. 그렇죠? 원장님."

"아이들 때문에 부모들 가슴에도 못이 박혀 있어요. 가끔씩 그 못으로 저희들 마음에 상처를 주기도 한답니다. 하지만 부모 마음은 다 똑같죠. 저희도 우리가 아니면 누가 아이들의 아픔을 치유해 줄 수 있을까, 하는 마음으로 일하고 있습니다."

원장이 예행연습이라도 한 듯 빈틈없이 설명했다.

"위기의 순간에 빛을 발하는 어머니들의 힘은 우리나라를 이끌어온 힘이지요. 저 역시, 그런 경영인이 되고 싶습니다. 저에게 딸린 식구가 얼마나 많습니까. 서로 도우며 살아야지요."

대표가 각오를 다지듯 말했다. 누군가 "옳소!" 하고 외친 순간이었다. 재채기와 함께 내 입안에서 밥알들이 뿜어져 나왔다. 설상가상 '우당탕탕!' '창 쨍 쨍강!' 요란한 소리와 함께 누군가 "악!" 하고 비명을 질렀다. 식판에 놓여 있던 국그릇이 바닥에서 빙그르르 돌다가 멈추었다. 내 심장도 팽그르르 회오리를 쳤다. 눈앞이 아찔했다. 또 재야? 아이들이 심드렁한 얼굴로 노려봤다. 얼굴이 홧홧 달아올랐다.

재채기는 멈추지 않았다. 대표 머리 위로 밥알들이 팝콘처럼 튀었다. 교사들이 행주와 수건을 들고 대표에게 달려들었다. 그들이 호들갑을 떨며 굽실거리는 동안 나는 무안해서 몸 둘 바를 몰랐다. 화기애애했던 분위기는 싹 달아났다. 순전히 나 때문이었다.

쥐구멍이라도 찾고 싶었는데 누군가 내 등을 두드리는 게 아닌가. 눈물 콧물에 재채기를 해 대는 꼴이었지만 고사리 같은 손으로 폈다, 쥐었다 하며 강약을 조절하는 것이 명진이라는 걸 알 수 있었다. 사람들 시선이 우리를 향했다.

달그락 챙. 누군가 식판과 국그릇을 챙겨 들고 사라졌다.

나는 겨우 재채기를 멈추고 숨을 헉헉 몰아쉬었다. 동작을 멈춘 명진이가 밥상 밑으로 기어 들어갔다. 사람들이 벙벙한 표정으로 명진이를 지켜보았다. 이번엔 뭐, 뭐지? 호기심 가득한 눈들이 명진이의 움직임을 따라갔다. 얼마간 밥상 밑을 이리저리 헤집고 다니던 명진이가 뭔가를 들고 나왔다. 아, 하모니카! 나는 하모니카를 떨어뜨린 것도 모르고 있었다. 하아! 몇몇 사람이 탄성을 질렀다. 명진이는 하모니카를 자신의 바지춤에 정성스레 닦았다. 여전히 주술처럼 무슨 말을 중얼거리면서. 자신이 주목을 받고 있단 사실도 깨닫지 못하고 있는 듯했다. 하모니카는 다시 내 손안에 쥐어졌다. 정적이 흘렀다. 모두가 이어질 대표의 행동에 주목하고 있을 때였다.

찰칵!

정적을 깨는 카메라 셔터 소리. 대표가 허탈한 웃음과 억지웃음이 섞인 듯한 야릇한 미소를 지었다.

원장이 조심스럽게 입을 열었다.

"저 형제는 장애 2급으로 혼자 밥도 못 먹고 아무것도 못 해요. 그런데도 장애 재판정을 받을 때는 3급도 안 주려고 하더군요. 다른 형제들도 재판정을 받으면 거의 하향 조정되는 실정입니다. 재판정 받으라는 통지서가 오면 걱정부터 앞서요."

우울한 한숨 소리가 사람들 틈 속에서 들려왔다. 혼자서는 밥도 못 먹고 아무것도 못 한다……. 꼭꼭 숨겨 왔던 두려움이 가슴 밑바닥을 치고 올라왔다. 하지만 나 때문에 분위기를 망치는 건 더더욱 싫었다. 내겐 하모니카가 있고, 명진이도 있다. 뭐가 문제인가.

뿜빠라밤 빰빰!

나, 괜찮아요. 사람들이 알아들었을까? 방싯 웃어 주는 것도 잊지 않았다.

하하하! 누군가 너털웃음을 호탕하게 터뜨렸다. 피식, 대표도 웃었던 것 같다.

이때다 싶었는지 수행원이 재빠르게 나섰다.

"대표님, 목욕 봉사를 진행할까요? 시간이 많이 지났습니다."

원장이 김 선생에게 목욕 준비를 명령했고 대표가 끼어들었다.

"하모니카 소년 어때요? 저도 사춘기 아이를 둔 엄마 아닙니까. 좀 특별하고 의미 있는 목욕 봉사가 되었으면 하는데요."

대표가 입술을 야무지게 다물었다. 사방에서 좋은 생각이라며 거들었다. 원장과 교사들은 서로 눈치만 보고 있었다. 내 생각은 아무도 묻지 않았다. 아니, 그런 생각조차 없어 보였다.

"자자! 빨리 진행합시다!"

방송용 카메라를 든 남자가 마치 예정된 일인 것처럼 서둘렀다. 내가 어리둥절해 하는 사이 엉겁결에 일이 진행되었다. 김 선생이 난처한 얼굴로 나를 들어 안았다. 나와 명진이 사이가 점점 멀어졌다. 그 사이를 사람들이 병풍처럼 막아섰다. 어, 이건 아닌데. 머릿속은 뒤죽박죽이었고 입술은 옴짝달싹도 하지 못했다.

나는 목욕실 바닥에 깔아 놓은 고무 매트 위에 눕혀졌다. 불안한 기운이 엄습해 왔다. 아니, 아닐 거야. 설마설마하면서도 그 설마가 나를 잡아먹을 것만 같았다. 나는 나무토막 같은 몸뚱이를 사정없이 흔들어 댔다. 김 선생이 고개를 돌렸다. 나 좀 봐요, 보라고요! 온몸으로 외치고 외쳤다. 그때였다.

한 남자가 목욕실 양쪽에 커다란 기계를 설치하고 있었다. 김 선생의 얼굴이 붉으락푸르락 변하기 시작했다.

"조명 설치는 안 됩니다."

김 선생이 막아서며 단호하게 말했다. 이렇게 환한 대낮에 조명이라니? 갑자기 온몸이 오그라들었다.

"중요한 장면이라서 신경을 쓰는 겁니다."

"그래도 안 됩니다. 목욕 장면은 공개할 수 없습니다."

"아시면서 왜 그러십니까. 저기요! 대표님하고 원장님 좀 불러 주세요!"

남자가 김 선생을 외면한 채 홱 돌아서서 소리쳤다.

김 선생이 남자의 멱살을 잡으려고 할 때였다. 사람들 틈에서 대표와 원장이 나타났다. 나는 본능적으로 두 팔을 뻗어 구조를 요청했다. 하모니카가 공중에서 휘청거렸다. 김 선생이 원장을 향해 조명 기구를 눈짓으로 가리켰다.

"……이건 좀 곤란합니다."

원장이 당황한 목소리로 말했다.

"걱정 마십시오. 저 아이 신상이 공개되는 일은 없을 겁니다. 중요한 부분은 모자이크 처리를 할 거고요. 안 그래요?"

까만 양복이 취재진들에게 동조를 구했다.

"빨리 끝내는 게 아이에게도 좋지 않겠어요? 자, 서두릅시다!"

대표가 사뭇 고조된 목소리로 외쳤다. 그 와중에도 자신의 머리와 옷매무새를 가다듬는 여유는 있어 보였다. 대표의 손이 내 윗도리에 닿았다. 소름이 끼쳤다.

"오, 주여!"

원장은 이 한 마디로 꼬리를 내렸다. 김 선생이 취재진들을 막아 보려 용을 썼다. 하지만 그들은 한 발짝도 양보하지 않았다. 모두들 비장한 얼굴로 나를 향해 카메라를 겨누었다.

조명 기구에 불이 켜졌다.

"포토라인을 넘지 마세요!"

조명을 점검하던 남자가 소리쳤다. 대표가 카메라를 향해 미소를 지었다. 순간, 정육점 안에 대롱대롱 매달린 고깃덩어리가 떠올랐다. '엄마라고 생각하렴.' 대표가 했던 말이 가슴속에서 메아리쳤다. 이건 반칙, 반칙이에요! 나는 온몸을 비틀어 항의했다.

"끄으헝, 끄응, 헝."

나는 허공에 팔을 내저으며 신음 소리를 냈다. 있는 힘을 다해 얼굴을 찡그리고 몸을 비틀었다. 나, 살아 있어요, 살아 있다고요! 조명 때문에 눈동자가 시큼했다. 김 선생이 괴로운 표정으로 고개를 돌리더니 사람들 틈 속으로 사라졌다. 가……지……마요. 다리가 자꾸 미끄러졌다.

"끄으허어엉!"

대표가 내 윗도리를 벗겼다. 앙상한 가슴팍이 파르르 떨렸다. 수십 개의 눈동자가 나를 겨냥하고 있다. 수치심이 밀려왔다. 나는 죽을힘을 다해 버텼다. 아니, 짐승처럼 울부짖었다.

"끄어헝!"

하모니카를 들고 있는 팔에 윗도리가 대롱거렸다. 대표가 하모니카에 손을 뻗었다. 나는 하모니카를 빼앗기지 않으려고 팔을 허공으로 쳐들었다. 하모니카가 종횡무진 날뛰었다.

"꺅! 꺄아악!"

때마침 사람들 틈 속에서 명진이가 불쑥 나타났다. 아이들이 하나둘 모여들었다. 겁에 질린 아이들이 훌쩍거리기 시작했다. 순식간에 목욕실은 아수라장이 되었다.

대표와 눈이 마주쳤다. 그녀의 눈빛이 흔들렸다. 나는 대표를 노려보며 입술을 하들하들 떨었다. 대표가 재빨리 고개를 돌리며 일어섰다. 모두가 그녀의 몸짓 하나하나에 촉각을 곤두세웠다.

빽!

나는 기회를 놓치지 않고 하모니카를 세게 불었다. 하모니카 소리가 목욕실 벽을 긁고, 유리창을 긁고, 사람들 눈동자를 할퀴었다. 눈동자가 빨개진 대표가 허둥댔다. 수행원들도 허둥댔다.

이때다 싶었는지 명진이가 필사적으로 뛰어들었다. 누군가 명진이의 뒷덜미를 잡아챘다.

'하모니카를 지켜 줘.'

나는 하모니카를 내밀었다. 명진이가 악착같이 달려들어 가까스로 하모니카를 넘겨받는 순간, 까만 양복이 명진이를 들어 올렸다. 아이들이 엉엉 울어 댔다. 까만 양복이 명진이를 둘러메고 계단을 향해 겅중겅중 걸어 나갔다. 그 뒤를 아이들이 잰걸음으로 따라가고, 휠체어 부대가 쫓아갔다. 하모니카가 공중에서 토끼 춤을 추었다.

눈물이 벙벙히 차올랐다. 나는 입술을 꽉 깨물었다. 사람들 앞에서 눈물을 보이는 건 죽기보다 싫었다. 이번엔 내 뒤통수의 저력을 보여 줄 차례였다. 나는 여세를 몰아 대표를 구석으로 몰아세웠다. 속도감에 놀란 대표가 오두방정을 떨며 수행원을 불러 댔다. 바로 그때.

슬프면서도 아름다운 선율이 울려 퍼졌다. 누가 먼저랄 것도 없이 일제히 소리가 나는 쪽으로 고개를 돌렸다. 사람들 모습이 휘청하더니 구부러졌다. 까만 양복이 명진이를 조용히 내려놓았다. 명진이는 하모니카 연주를 멈추지 않았다. 나는 왠지 모를 서러움에 입술이 바르르 떨렸다. 울지 않으려고 입술을 앙 다물었다. 그럴수록 '히잉' 말 울음소리 같은 것이 새어 나왔다.

'하모니카를 불어 줘!'

명진이가 응답했다. 슬프고도 아름다운 선율이 사람들 가슴속으로 파고들었다. 사람들이 눈시울을 붉히며 고개를 숙였다. 나도 모르게 주르륵 눈물이 흘러내렸다.

탁!

조명이 꺼졌다.

록의 여신이 돌아오다

"록의 여신이 돌아왔습니다."

사회자가 포근포근한 목소리로 그녀를 소개했다. 객석이 일순간 술렁이다 잠잠해졌다. 숨죽이며 경청하는 방청객들의 표정이 화면에 잡혔다.

"하린!"

그녀의 이름이 불렸다. 순간 내 손에서 리모컨이 툭 떨어졌다. 가슴이 부르르 떨렸다. 뭐지? 이 기분. 나는 세차게 고개를 흔들었다.

몸매가 드러나는 올 블랙 의상에 빨강 가죽 재킷이 강렬한 인상을 주었다. 풍성한 웨이브 머리가 조명 때문인지 오렌지색으로 보였다가 빨간색으로도 보였다. 파워풀한 멜로디가 흘러나왔다. 파워풀한 보이스와 무대 매너. 그녀는 무대를 종횡무진 뛰어다녔다. 폭발적인 가창력에 사람들이 열광했다. 대박! 카리스마 작렬. 나도 모르게 온몸을 흔들어 댔다. 마치 내가 그녀인 것처럼.

팟.

갑자기 텔레비전이 꺼졌다. 언제 일어났는지 아빠가 나를 매섭게 노려보고 있었다. 악몽이라도 꾼 것일까. 아빠 눈이 놀란 토끼눈이다. 충혈된 눈은 불안해 보였다.

"한창 필 받았는데 왜 꺼! 꺄악!"

나는 비명을 지르며 날렵하게 몸을 숙였다. 번개처럼 날아온 리모컨이 퍽, 소리와 함께 폭삭 깨졌다. 리모컨이 토해 낸 건전지가 천방지축으로 굴러갔다. 내동댕이쳐진 리모컨 파편이 사방으로 튀었다. 어떻게 나한테 이런 짓을. 기가 막혔다. 나는 눈을 동그랗게 뜨고 아빠를 쳐다보았다.

"소리 꽥꽥 지르는 것도 노래라고."

자기도 모르게 던져 놓고 아차 싶었던지 아빠는 머리카락을 쥐어뜯으며 혼잣말을 했다.

"록 스피릿!"

나는 절규하듯 외치고 내 방으로 들어와 문을 꽝 닫았다. 이래도 이놈의 문짝은 늘 멀쩡하다. 이쯤 되면 아빠가 쫓아

들어와 중2병을 들먹이며 일장 연설을 늘어놓을 차례다. 웬 일인지 조용하다. 어차피 대꾸할 생각도 없지만. 나는 이어폰을 꽂고 휴대 전화에서 음악 재생버튼을 눌렀다. 웅장하고 몽환적이고 시끌시끌한 록 비트에 온몸을 내맡기자 조금 진정이 되었다. 그리고 생각했다. 내일 당장 하린의 노래부터 다운받아야겠다고.

영호에게 카톡이 왔다. 드럼을 맡고 있는 스쿨 밴드 멤버다.

–나가수 보고 있음? 완전 끝내주는 여성 로커 등장.

–아빠가 꺼 버렸어. 일욜 내내 잠만 자면서 티비도 못 보게 해. 짜증!

–내일 재방 봐. 앞으로 롤 모델로 삼아라.

–오, 웬일? 나가수는 한물간 가수들 나온다고 안 본다며?

–그러게 ㅋㅋ 하린 폭풍 가창력에 반했음.

–난 하린 등장하는데 기분이 이상했음. 뭔가 홀린 기분이랄까. 여튼…….

내 예상은 적중했다.

다음 날 하린의 동영상과 음원은 인터넷을 뜨겁게 달궜다.

실시간 인기 동영상 재생수만 보아도 그녀의 인기를 실감할 수 있었다. 학교에서도 하린의 등장은 핫 이슈였다.

밴드 멤버들은 한 술 더 떴다.

“하린. 예리랑 닮지 않았냐? 등장하는데 완전 깜놀.”

“도입부부터 고음 쏟아 낼 때 폭풍처럼 몰아치는 샤우팅 창법이랑 허스키한 음색도 비슷해.”

멤버들이 한 마디씩 거들자 영호가 끼어들었다.

“귀를 긁어 주는 저음과 으르렁거리는 듯한 포효. 배를 쥐어짜는 듯한 울림. 이런 목소린 남자들의 전유물이었거든. 사실 예리 목소리가 좀 거칠고 굵잖아? 아악!”

이런, 내 주먹이 영호 옆구리에 박혀 있다. 종종 일어나는 일이었다. 보컬의 자존심을 건드린 대가야. 나는 입을 삐죽 내밀었다.

“칭찬이거든!”

영호가 억울한 듯 소리를 버럭 질렀다. 나는 누구와 닮고 싶지 않다. 온전히 나답기를 원한다. 아이들도 그걸 모를 리 없다.

“롤 모델로 삼을 만한지는 더 지켜보고.”

시큰둥하게 말했다. 나는 롤 모델이 없다. 그냥 태어날 때부터 록의 영혼을 갖고 태어났을 뿐. 아빠는 몸서리치게 싫어하지만 말이다. 아빠는 음악 자체를 싫어하는 것 같다. 그 흔한 대중가요도 흥얼거리는 걸 들어본 적이 없으니까. 대체 난 누굴 닮은 걸까?

저녁 시간이었다. 나는 인터넷에서 '하린'을 검색했다. 제일 먼저 인물 사진과 프로필이 눈에 들어왔다.

하린(이서영) 가수
출생 1976년 5월 5일(경기도 파주)
신체 169센티미터. 52킬로그램. B형
데뷔 97년 대학가요제 대상
소속 M · K 엔터테인먼트
학력 버클리 음악 대학

오호, 버클리 음악 대학. 혹시 싸이랑 동창? 나도 B형인데. 후훗, 별게 다 반갑다. 벌써 공식 팬 카페도 생겼다.

사진 속의 하린은 도발적이면서 자신감 넘치는 표정을 짓고 있었다. '이미지 더 보기'를 클릭했다. 앳된 얼굴과 늘씬한 각선미가 돋보이는 사진들이 펼쳐졌다. 내가 태어나기 전에 데뷔를 했으니까 20대 초반의 사진들이겠지? 그때나 지금이나 카리스마는 여전하네. 크고 도톰한 입술. 웃을 때 잇몸이 드러나는 입매. 그러고 보니 나도 그렇다. 이런 매력적인 여자라면 닮았다는 소리를 들어도 괜찮을 것 같았다. 나도 이렇게 멋지게 나이를 먹어야지. 생각만으로도 웃음이 배시시 새어 나왔다.

다음으로 그녀에 대한 기사들이 눈에 들어왔다.

하린, 여성 로커의 카리스마

하린, 가창력의 여왕

하린, 절정의 가창력

하린, 38세 나이가 무색한 미친 가창력

비슷비슷한 기사 제목들을 주르륵 훑다가 하나를 클릭했다.

록의 전설, 록의 여신, '하린'이 돌아왔다. 하린은 매회 가수들이 노래를 불러 청중평가단에게 심사를 받는 서바이벌 프로그램인 '나는 가수다' 새 가수 초대전에서 자신의 데뷔곡이었던 〈새빨간 거짓말〉을 열창해 강렬한 인상을 남기는 데 성공했다. '날것'의 느낌마저 드는 허스키한 음색과 풍부한 성량으로 록 마니아의 이목을 끌었던 하린의 등장은 신선했다. 1999년 앨범 '고백(告白)'을 끝으로 돌연 활동을 중단한 지 14년만이다. 이대로라면 결승 가왕전을 노려볼 만하다.

이때 현관문 번호키 오작동 소리가 반복적으로 들려왔다. 삐익삐익 삐! 어느새 시간은 아홉 시를 넘기고 있었다. 나는 반사적으로 비디오폰을 눌렀다. 현관문에 머리를 박고 중얼거리고 있는 사람은 다름 아닌 아빠였다.

"아빠!"

현관문을 열어젖히자 아빠가 화들짝 놀랐다. 그러고는 금세 활짝 웃었다.

"충성! 번거롭게 해드려 죄송함다 따님. 우헤헤."

아빠가 경례하는 시늉을 하며 너스레를 떨었다. 아우, 술 냄새. 대체 얼마나 마신 거야? 이렇게 흐트러진 모습 처음이다. 집 안으로 들어선 아빠는 돼지 꼬리처럼 꼬부라진 말들을 쏟아 냈다. 알아들을 수 있는 말이라고는 우리 딸, 내 딸, 아빠 딸. 대부분 나를 칭하는 말들과 "예리, 아빠 딸 맞지?" 이거 하나 알아들었다. 나는 응, 응, 하며 건성으로 대답했다. 아빠는 연신 고맙다고 했다. 내가 좀 괜찮은 딸이긴 하지만, 굳이 고마워할 것까지. 나는 예의상 고개를 끄덕여 주었다. 아빠는 방으로 들어갈 힘도 없는지 거실에 그대로 뻗어 버렸다. 이런 재밌는 구경도 하고. 나도 모르게 피식 웃음이 나왔다.

아빠 얼굴을 찬찬히 훑어봤다. 할머니가 돌아가신 후 부쩍 더 늙은 것 같다. 그래도 이건 아니지. 딸내미 혼자 저녁밥 먹게 해 놓고 무책임하게 술이나 퍼마시다니. 괜히 심술이 났다. 아빠는 추운지 온몸을 달팽이처럼 구부렸다. 나는 아빠 방에서 이불을 들고 나오다 멈추었다. 지난번 리모컨 사건이 불쑥 떠올랐기 때문이다.

"벌이야. 메롱!"

어디 고생 좀 해 보시지? 내가 이불을 도로 갖다 놓으려고 팽 돌아설 때였다.

아빠가 희미한 목소리로 중얼거렸다. 꼬부라진 혀는 사람 이름을 부르는 것 같았다. 누구를 저렇게 애절하게 부르지? 순간 정신이 번쩍 났다. 누구나 그런 경험이 있지 않은가. 근거도 없는데 촉이 오는 경우. 그래, 애인! 아빠에게 애인이 있었던 거다. 히야, 완벽하게 날 속였단 말이지. 설마 나 때문에 채인 거야? 멍했다. 나는 손으로 머리를 감싸고 생각했다. 심각해질 필요는 없어. 언젠간 닥칠 일이었으니까. 아빠에게 어떤 틀을 강요하면 안 돼. 난 록의 정신을 사랑하는 사람이니까.

문득 잠꼬대하는 동생하고 대화를 해 봤다는 친구 말이 떠올랐다. 장난기가 발동했다.

"부르셨어요?"

아빠는 대답 대신 몸을 더 동그랗게 말더니 이마를 찡그렸다. 이럴 때 드라마에선 어떻게 하더라. 나는 아빠 마누라인 양 머리를 굴렸다.

"나, 여기 있어요!"

이번엔 손나팔을 하고 최대한 가느다란 목소리를 뽑아냈다. 푸! 아빠는 술 냄새만 연거푸 불어 댔다. 흐미, 냄새. 나는 코를 막고 주저앉았다. 이게 뭐하는 짓인지. 내가 들어도 딱 내 목소리고만. 헛웃음이 나왔다. 포기하고 일어설 때였다. 꿈찔, 아빠가 반응했다.

"서영아, 서영아, 우리 예리."

나는 그만 벌렁 자빠졌다. 놀란 심장이 요동을 쳤다. 분명히 아빠가 우, 우리 예, 예리……라고 했다. 진정, 진정, 진정. 나는 크게 심호흡을 했다. 아빠를 포함한 다수의 사람들이 우리가 될 수 있다. 근데 왜 기분이 이상하지? 그때였다.

"널, 꼭 닮았어. 푸!"

제대로 확인 사살. 누가 내 심장을 쥐어짜는 것 같았다. 그러니까 나를 낳아 준 엄마 이름이 서영이? 엄마 얘기만 하면 입을 다물던 아빠였다. 그런데 왜 갑자기 엄마 얘길? 엄마가 나타난 걸까? 아니면 아빠도 엄마가 그리운 걸까? 아빠는 언제 그랬냐는 듯 드르렁드르렁 코를 골았다. 처음으로 아빠가 측은해 보였다. 놀란 건 놀란 거고. 아무래도 이불은 덮어 줘야겠다.

하린은 예상대로 결승 가왕전에 진출했다. 요즘 유일한 낙은 하린 소식뿐이다. 아빠는 예전보다 더 말이 없어졌다. 내가 엄마에 대해 묻기 시작했기 때문이다. 아빠는 딴전을 피우는 걸로 대답을 대신했다. 확실한 건 아빠가 수상해졌다는 거다. 전화 통화를 하다가 후다닥 끊고, 갑자기 인터넷 창을 닫아 버리고, 괜히 텔레비전 앞에서 서성거리고, 잔소리도 줄어들고, 슬쩍슬쩍 내 눈치를 살피고…… 심지어 끊었던 담배를 피우다 나한테 딱 걸리기까지 했다.

아빠와 나는 점점 어색해졌다. 이런 기류가 분명 엄마와 무관하지 않을 것이다. 우선은 단서를 찾아내야 한다. 아빠를 꼼짝 못하게 할 결정적 단서를. 뭐가 있을까? 어디서 어떻게 찾아내지?

뭔가 꽉 막힌 이런 기분을 풀어 주려는 듯 나는 고대하던 전화를 받았다.

"나는 가수다 결승 가왕전, 십 대 청중평가단으로 뽑히셨습니다."

"정말요!"

너무 반가운 나머지 내 목소리는 한껏 고조되어 쩌렁쩌렁 울렸다. 아빠가 내 방으로 직행할 정도였으니까. 나는 손으로 아빠를 제지하며 열심히 질문에 대답했다.

"가왕전에 진출한 일곱 명의 가수 중에 최후의 1인, 가왕은 누가 될까요?"

"당근 하린이죠!"

나는 하린이 가족이라도 되는 것처럼 편파적인 평가를 쏟아 냈다. 내가 어지간히 촐싹거렸던 모양이다. 질문자가 웃음을 터뜨렸다. 전화는 기분 좋게 끊었다.

"그놈의 록인지, 락인지 아주 진저리가 난다!"

아빠가 버럭 소리를 질렀다.

"아빠가 록을 알아?"

"……."

어라, 아빠가 말을 잇지 못한다. 나는 속으로 쾌재를 불렀다. 할 말 있으면 해 보세요! 나는 자신만만한 표정을 지었다. 아빠도 이번만은 물러설 수 없는 모양이다.

"학생이 공부를 해야지. 공부를 소홀히 하면……."

"됐고."

나는 손을 들어 아빠의 말을 가로막았다. 뻔한 잔소리는 여기까지만 들으면 되었다. 내가 반박할 차례니까.

"난 내가 하고 싶은 공부를 할 수 있을 만큼의 성적 관리는 해. 밴드 동아리도 내 꿈에 다가가기 위한 활동이고. 아빠한테 내가 피해 준 거 있어? 지난번 술 취해서 들어온 날……."

아빠가 당황스런 표정을 지었다. 결정적 한 방을 날릴 차례였다.

"내가 아빠 딸인 게 고맙다며? 이만하면 괜찮은 딸인 거 아빠도 인정하는 거잖아."

"어쨌든 청중평가단인지 뭔지 그딴 데 가면 혼날 줄 알아."

다소 강압적인 투로 아빠가 말했다. 이 상황에서 빨리 벗어나고 싶어 하는 기색이 역력했다. 내가 엄마에 대해 물을 거라는 걸 눈치챈 걸까? 서둘러 방문을 쾅, 소리 나게 닫으며 나가 버리는 게 아닌가.

"방문 쾅 닫는 건 내 거야. 따라 하지 마."

아빠는 더 이상 반응하지 않았다. 성난 듯한 발소리만 들려올 뿐이었다. 괜스레 눈물이 나오려 했다.

잠이 오지 않았다. 베란다 맞은편 건물의 불빛들도 하나 둘 꺼지기 시작하더니 몇 개 남지 않았다. 늦은 시간까지 잠

못 이루는 사람은 누굴까? 그들은 어떤 고민을 하고 있을까? 왠지 남아 있는 불빛들이 고민의 상징처럼 느껴졌다. 늦가을 밤의 쓸쓸함은 나를 사로잡기에 충분했다.

거실 불을 끄고 내 방으로 들어오던 중이었다. 희미하게 들려오는 아빠 목소리에 걸음을 멈추었다. 불현듯 아빠가 술 취해 들어왔던 날이 떠올랐다. 그때처럼 애절한 목소리. 잠꼬대를 하는 모양이었다. 내 걸음은 자연스레 아빠 방을 향했다.

나는 문을 빠끔 열고 안을 들여다보았다. 침대 위로 아빠의 등이 보였다. 스탠드 불빛은 늦가을의 정취를 연출했다. 바람은 쌀쌀하지만 햇살은 따뜻한, 갈대가 만발한 강변의 느낌이랄까. 유난히 외로워 보이는 등짝 너머로 제법 쌀쌀한 바람 소리가 들려오는 것 같았다. 잠꼬대는 더 이상 들리지 않았다. 살며시 문을 닫으려고 하는 찰나, 침대 밑에 삐죽 튀어나온 낡은 상자 하나를 발견했다.

번뜩 잊고 있었던 일이 떠올랐다.

"이건 내 추억 상잡니다. 어머니 맘대로 내다 버릴 물건이 아니란 말이에요."

"네가 이렇게 사는 게 순전히 나 때문인 거 같아서 그런다. 네가 결혼식을 올려 봤니? 호적에 여자 이름을 올려 봤니?

더 늦기 전에 참한 색시랑 결혼해서 알콩달콩 사는 거 보고 싶다. 이 어미 소원이라고!"

"그만하세요. 뜯어 말려도 만날 사람은 만나고 헤어질 사람은 헤어집니다. 어머니가 자책하실 문제가 아니에요. 난 예리 아빠인 걸로 만족해요. 그러니까 그만 좀 하세요. 제발!"

아빠와 할머니의 말다툼을 처음으로 목격한 날이었다. 아빠가 결혼한 적이 없다는 건 충격이었다. 할머니는 엄마를 증오했다. 아빠 인생을 망친 요망한 여우라며 가슴을 쳤다. 당연히 나를 보는 시선도 곱지 않았다. 나에겐 외가도 존재하지 않았다. 없는 것인지, 일부러 모르게 하는 것인지조차 알 수 없었다. 그때부터였을 것이다. 내가 록 음악에 빠지게 된 것은. 엄마를 찾지 않는 것은 자연스런 내 생존 방식이었다. 또 버려질까 봐 두려웠다.

그래, 여기에 결정적인 단서가 있을지도 몰라. 생각보다 상자는 가벼웠다. 나는 엄마와의 추억일 거라고 확신했다. 아빠가 뒤척였다. 나도 모르게 몸이 움츠려졌다. 숨 쉬는 것조차 조심스러웠다.

어떻게 내 방까지 왔는지 모르겠다. 어쨌든 상자는 내 침대 위에 있다. 심장이 쿵쿵거렸다. 엄마에 대한 증거들이 바로 코앞에 있다. 차라리 안 보는 것만 못하면 어쩌지? 그럴지라도 여기서 포기할 수는 없었다. 나도 세상을 조금은 알 만한 나이니까.

상자 뚜껑을 조심스럽게 들어 올렸다. 두구두구두구두구. 긴장감이 밀려왔다. 눈을 질끈 감았다. 내 손은 이미 뚜껑을 열었지만 눈을 뜰 용기가 나지 않았다. 크게 심호흡을 했다. 하나, 둘, 셋!

잠깐. 이게 뭐지? 잠시 내 눈을 의심했다. 요즘 하린에 너무 빠져 있었나? 처음 마주한 건 하린을 닮은 여자의 사진이었다. 다른 사진 속에서도 하린을 닮은 여자가 웃고 있었다. 아니, 분명 하린이다. 무대 의상이며 헤어스타일. 내 눈을 속일 수는 없었다. 설마, 에잇 설마. 평범해도 너무 평범한 아빠하고 하린이 어울리기나 해? 나의 상상력이 늘 엉뚱했다는 사실을 기억해 내며 피식 웃었다. 그럼 이 사진들은 뭐지? 마침 다른 사진 속에서 무대 위의 하린을 응원하는 청년을 발견했다. 포스가 딱 봐도 광팬이었다. 자세히 들여다보았다. 놀랍게도 앳된 아빠의 얼굴이었다. 내가 어찌 아빠를 몰라볼 수 있겠나. 수상했던 아빠의 행동들이 스쳐갔다.

처음엔 어이가 없어서 웃었다. 그다음은 콘서트 장에서 헤드뱅잉을 하며 열광하는 앳된 아빠 모습이 그려졌다. 내가 상상하는 것보다 더 촌스럽고 찌질했을지도 모를. 게다가 록 음악이라니. 순간 웃음이 터지고 말았다. 푸하하핫! 내 웃음소리는 한밤중인 것도 의식하지 못했다. 아빠가 파자마 바람으로 뛰어왔다. 나는 아빠의 등장에도 불구하고 웃음을 멈출 수가 없었다. 뭐 대단한 비밀이라도 들킨 양 안절부절못하는 아빠를 보자, 내기에서 이긴 것처럼 의기양양해지는 게 아닌가.

"빠돌이었어? 하린 빠돌이. 푸핫!"

내 손가락이 아빠를 가리켰다.

"어디까지 본 거야! 어?"

아빠가 엉거주춤 서서는 냅다 소리를 질렀다. 나는 터져 버린 웃음 때문에 대답이 불가능했다. 아빠는 흐트러진 사진들을 잽싸게 상자에 주워 담았다. 너무 당황한 나머지 상자를 도로 엎어 버릴 뻔했다. 그조차 웃겼다. 나는 배꼽이 빠져라 웃어 댔다. 아빠가 상자를 들고 허겁지겁 사라진 뒤에도 웃음을 멈출 수가 없었다. 갈수록 다채로워지는 아빠 모습. 얼마나 더 풍성한 볼거리를 제공하려는지 기대감이 급상승했다. 나쁘지 않았다.

나는 밴드 활동을 더 적극적으로 하게 되었다. 절대 취미가 아니란 걸 아빠에게 보여 주리라 다짐했다. 아빠도 한때

록 음악에 매료됐던 전적이 있지 않은가. 아무리 생각해도 아빠하고는 어울리지 않지만. 록의 영혼이 대를 잇고 있음은 증명된 셈이다. 내가 누군가. 아빠 딸, 전예리가 아닌가. 언젠가 객석에서 나를 응원하고 있을 아빠를 그려 보았다. 생각만으로도 설레었다.

이서영. 서영?

나는 집으로 들어오자마자 컴퓨터 전원부터 켰다. 휴대 전화로 검색할 수도 있었지만 참았다. 밴드 부원들 앞에서 당황하는 표정을 들키고 싶지 않았다. 마우스를 잡은 손에서 땀이 났다.

"하린 본명이 이서영이잖아. 예리 너도 기억하기 쉬우면서 입에 착 감기는 예명을 지어 보는 게 어때?"

영호가 불쑥 꺼낸 말이었다. 아빠가 잠꼬대하면서 부르던 이름이 머리에 스쳤다. 설마, 그 서영이? 그런데 이 오싹한 기분은 뭐지? 나는 머리가 아프다는 핑계를 대고 서둘러 연습실을 나왔다.

하린.

검색어를 치자 순식간에 화면이 바뀌었다.

하린(이서영)

내 눈엔 하린의 본명만 클로즈업 되었다.

이. 서. 영. 우연이겠지? 세상에 서영이라는 이름이 얼마나 많겠어. 내가 너무 오버하는 걸 거야. 애써 마음을 다잡을수록 머리만 복잡해졌다. 그런데 생각해 보면, 그날 아빠가 좀 이상하긴 했다.

"어디까지 본 거야! 어?"

이 말을 하면서 매우 당황했었다. 나는 잽싸게 일어나 아빠 방으로 향했다.

상자가 없었다. 침대 밑, 서랍 안, 옷장 안까지 뒤졌지만 없다. 이 야릇한 기분은 뭘까? 아무리 개인적인 추억이라지만 이렇게 꽁꽁 숨겨 둔 이유가 있을까? 뭔가 있다. 내가 보면 안 되는 게 있었던 거야. 분명히. 마음은 더욱 조급해졌다. 나는 눈에 불을 켜고 찾기 시작했다. 아빠가 돌아오기 전에 찾아야 했다. 하지만 단출한 아빠 가구 목록에 상자가 꼭꼭 숨어 있을 만한 곳은 없었다. 왠지 속은 것 같았다. 분하고 억울했다. 한편으로는 이런 내가 웃겼다. 하린이 내 엄마라는 게 말이 돼? 근데 이 집착은 뭐지? 나는 드라마를 너무 많이 본 탓이라고 스스로를 합리화했다.

나에게 새로운 목표가 생겼다. 밴드 부원들과 함께 공중파 '스타 탄생 공개 오디션 프로그램'에 도전해 보기로 결심한 것이다. 곧 본격적인 오디션이 시작된다. 학교에 허락도 받았다. 그렇다고 아빠의 추억 상자를 포기한 것은 아니었다. 내 존재의 근원을 모르고 살 수는 없는 것이다. 나도 알아야 할 권리가 있으니까.

밴드 부원들과 떡볶이와 튀김으로 조촐한 단결 파티를 하고 집으로 돌아가는 길이었다. 벌써 퇴근? 아파트 주차장에서 아빠 차를 발견했다. 반가웠다. 나는 한달음에 달려가다가 멈추었다. 아빠가 차 안에서 뭔가를 심각하게 읽고 있었다. 분위기가 심상치 않았다.

'하여튼 수상해.'

나는 건너편 상가 건물에서 아빠의 동태를 살펴보기로 했다.

잠시 후, 차 트렁크가 열리며 아빠가 차에서 내렸다. 앗, 상자! 상자를 안고 있었다. 상자를 숨겨 둔 곳은 어이없게도 차 트렁크였다. 나는 아빠가 보이지 않을 때까지 그대로 서 있었다. 하늘이 나를 돕고 있는 게 확실했다.

주차장까지 어떻게 왔는지 모르겠다. 스웨터 하나 달랑 걸

치고 나왔는데 바람이 꽤 쌀쌀했다. 겨울이 코앞에 다가왔음이 온몸으로 느껴졌다. 아빠는 텔레비전을 보면서도 내내 턱을 괴고 딴 생각을 하는 듯했다. 그러다 일찍 잠자리에 들었다. 자동차 키를 손에 넣는 건 어렵지 않았다.

트렁크에서 상자를 꺼냈지만 집에 들어갈 자신이 없었다. 아빠한테 들킬지도 모른다. 나도 아빠가 했던 방법을 택하기로 했다. 자동차 조수석에 상자를 놓고 운전석에 앉았다. 자동차 전등을 켰다. 자동차 안이 환해졌다. 상자 뚜껑을 열었다. 역시나 하린의 사진이 제일 위에 있었다. 대부분 지난번에 본 것들이었다. 내가 잘못 봤나? 지푸라기라도 잡는 심정으로 상자 밑을 손바닥으로 훑었다. 상자 바닥이 살짝 기울어 있음을 느꼈다. 이중으로 된 상자였다. 두꺼운 종이 판자를 들추었다. 편지들이 모아져 있었다. 하린과 아빠가 어깨동무를 하고 있는 사진 한 장과 함께. 이럴 수가! 비록 어깨동무였지만 둘만의 달달한 눈빛은 속일 수 없었다.

결정적 단서는 편지였다. 받는 이, 이서영. 요는 이런 것 같았다. 두 사람은 대학 선후배 사이였고, 아빠는 학교 밴드 보컬이었던 하린에게 첫눈에 반해 열정적으로 쫓아다녔으며, 결국 연인으로 발전했다. 대강 이런 스토리를 짐작할 수 있었다. 그러니까 나는…… 두 청춘이 저지른 사고였던 셈이고, 평소 참한 색시를 갈망하던 할머니 눈이 뒤집어졌겠지. 홀어머니를 둔 외아들인 아빠는 할머니의 반대를 꺾지 못했을 것이다. 안 봐도 비디오. 모든 게 하린의 정보와 맞아떨어졌다. 손이 부들부들 떨렸다.

나는 상자를 안고 집으로 돌아왔다. 집 안은 고요했다. 그러나 내 마음은 폭풍 전야였다. 도무지 믿어지지 않았다. 확인해야 했다. 그렇지 않고는 잠을 잘 수 없을 것 같았다.

"아아악!"

내 비명 소리를 듣고 아빠가 방에서 튀어나왔다. 상자와 맞닥뜨린 아빠는 그대로 얼음이 되었다. 눈동자도 입술도 옴짝달싹하지 않았다. 나는 울고 있었다. 내 의지와는 상관없이 눈물이 흘러내렸다. 내 인생에서 가장 잔인한 밤이었다.

방송국 로비는 청중평가단들의 행렬로 인산인해를 이루었다. 길고 긴 기다림이 이어졌다. 최고의 경연을 공짜로 관람하려면 이 정도의 수고는 감수해야 하는 거였다. 평가단들을 인터뷰하기 위해 곳곳에 카메라가 진을 치고 있었다. 만약 내게 인터뷰 요청이 온다면 어떻게 말할까?

"저는 두 얼굴을 가진 하린을 고발하러 왔습니다. 하린은 자식을 버리고 미국행을 선택한 비정한 엄마입니다. 여러분은 하린에게 속고 있는 것입니다.”

이렇게 확 불어 버릴까?

“엄마를 응원하러 왔습니다. 제 엄마가 가왕 진출자거든요. 누가 저의 엄마일 것 같은지 알아 맞혀 보세요.”

한바탕 쇼를 해 볼까? 정신 병원에나 끌려가지 않으면 다행이겠지? 드라마에서나 있을 법한 일을 누가 믿을까? 시공간을 초월한 시대, 더구나 IT 선진국이라고 떠들어 대는 세상에 이런 고민을 하다니. 머리가 지끈거렸다. 다행히 인터뷰 요청 같은 건 없었다.

드디어 객석으로 입장했다. 영화관과 다를 바 없는 입구였지만 긴장한 탓에 숨이 턱 막혔다. 무대가 보이는 순간 나는 눈을 질끈 감았다. 무대의 조명은 눈을 뜰 수 없을 만큼 압도적이었다. 나는 쏟아지는 빛을 두 팔로 막아내며 안내원을 따라갔다. 객석 맨 뒷자리가 내 자리였다. 객석에 앉아 무대를 바라보았다. 신천지가 따로 없었다. 물감은 혼합할수록 어두워지고 빛은 겹칠수록 밝아진다고 했다. 객석과 무대가 그랬다. 공연이 시작되면 객석은 더욱 어두워질 것이다. 내 마음도 점점 어두워지고 있었다.

그사이 아빠에게 많은 문자가 와 있었다. 나는 문자를 확인하지 않고 휴대 전화를 껐다. 공연이 시작되었기 때문이다. 공교롭게도 첫 번째 순서가 하린이었다. 심장이 두근거리고 식은땀이 났다. 차라리 엄마인 걸 몰랐다면 어땠을까?

하린이 당당한 걸음으로 등장했다. 사람들이 환호성을 질렀다. 냉정해야 했다. 끝까지 목석처럼 앉아서 아무 동요도 없는 눈빛으로 그녀를 쏘아보리라. 내 각오는 비장하기까지 했다. 잔잔한 음악이 흘러나왔다. 객석이 쥐 죽은 듯이 조용해졌다. 오늘은 마성의 포효를 내지르던 포스가 아니었다. 기회였다. 그녀를 함정에 빠뜨릴 수 있는. 그녀가 노래를 부르는 도중 객석에서 야유가 터져 나오면 당황하겠지? 과연, 내가 할 수 있을까? 그래도 엄만데?

아! 이게 웬일인가. 마이크를 통해 그녀의 목소리가 흘러나오는 순간, 내 계획은 물거품이 되고 말았다.

모든 엄마의 가슴속엔 기도의 방이 있단다.
나를 닮지 않기를 바라기도 했지.
그래서 많이 울기도 했지.
힘이 들 땐 하늘을 바라보았어.
어딘가에 있을 너를 생각하며.
비록 지금은 떨어져 있지만 우린 반드시 만나게 될 거야.
너도 그렇지?

또 하루해가 지는구나.

내레이션이 흘러나왔다. 나도 모르게 왈칵 눈물이 쏟아졌다. 담담하고 애절한 목소리로 그녀가 노래를 부르기 시작했다. 조용하고 부드럽게 사람의 마음을 어루만지고, 때로는 사뿐사뿐 가벼운 스텝을 밟기도 했다. 거칠고 굵은 저음과 폭발할 듯 내지르는 고음에서만 빛이 나는 가수가 아니었다. 그녀의 목소리는 달콤하고 감미롭고 부드러우면서도 힘이 있었다. 부드러운 마력도 지닌 그녀였다. 나는 내내 울었다. 하염없이 눈물이 흘러내렸다.

'내가 얼마나 그리워했는지 알아? 내가 얼마나 보고 싶어 했는지 아냐고!'

시시때때로 가슴이 울컥 차올랐다. 객석은 숨죽인 듯 고요했다가 이내 우레와 같은 박수갈채에 휩싸였다. 사방에서 기립 박수가 쏟아졌다.

공연은 순식간에 끝났다. 꿈같은 시간이었다. 몽롱하고 정신이 아득했다. 로비에서는 가왕전 첫 번째 탈락자를 예상하는 인터뷰가 이어지고 있었다. 〈또 하루해가 진다〉 노래 제목만 떠올려도 가슴이 먹먹해졌다. 하린의 노래가 새빨간 거짓말일지라도 나는 그녀를 미워할 수 없을 것 같았다. 이제 나는 어떻게 하지? 마음이 허전해졌다.

휴대 전화를 꺼내 전원 버튼을 눌렀다. 액정이 켜지자마자 전화벨이 울렸다.

"아빠!"

전화를 받으면서 동시에 로비에 서 있는 아빠를 발견했다. 두리번거리던 아빠와 눈이 마주쳤다. 아빠가 성큼성큼 내게로 걸어왔다. 나는 아빠를 향해 힘차게 뛰어갔다. 아빠가 두 팔을 벌려 나를 안았다. 아빠 품에 안기자마자 눈물이 쏟아졌다. 그리고 느낄 수 있었다. 아빠도 가슴으로 울고 있다는 것을.

방송이 나간 후 하린의 내레이션은 뜨거운 이슈로 떠올랐다. 미혼모, 이혼녀, 별거……. 각종 설들이 난무했다. 인터넷은 하린에 대한 악플이 늘어나고 안티 카페도 생겼다. 하린과 그녀의 소속사는 침묵을 선택했다. 그럼에도 불구하고 그녀의 인기는 하늘을 찌를 듯했다.

세상의 소문은 고스란히 내 가슴에 쌓였다. 그만큼 상처도 깊어갔다. 아무렇지 않을 수가 없었다. 더욱 견딜 수 없는 건 내 처지를 덤덤하게 받아들이는 나 자신이었다. 이게 현실이었다. 복수 같은 건 드라마에서나 가능한 일이었다. 열다섯 살이 할 수 있는 건 아무것도 없었다.

"아빠는 너한테서 엄마를 빼앗은 것 같아서 항상 미안했다. 이렇게 매일 얼굴을 볼 수 있고, 언제든지 너에게 사랑한다고 말할 수 있고, 부족한 것 없이 키우려고 노력하는 데도 말이다. 그러니 자식과 생이별하고 살아온 네 엄마 마음은 오죽했겠니? 너에 대한 미안함과 그리움의 깊이를 감히 상상이나 할 수 있겠니? 아마도 그 힘으로 버텨 오지 않았을까 싶구나."

아빠가 고해성사처럼 했던 말이다.

그래, 나에겐 아빠라도 있다. 아니, 사람들은 나란 사람에게 관심조차 없다. 그런데도 아프다. '하린'의 '하'자만 들어도 가슴속이 싸해지면서 아파왔다. 세상 사람들의 따가운 시선을 홀로 감당해야 하는 엄마 가슴은 어떨까? 미워하는 것보다 걱정하는 게 훨씬 힘든 일이라는 것도 깨달았다. 그럴수록 그리움만 쌓여 갔다. 나를 지탱해 주는 건 음악뿐이었다.

비록 지금은 떨어져 있지만 우린 반드시 만나게 될 거야.

엄마도 그랬을 것이다. 한순간도 나를 잊은 적 없었음이 분명하다. 나는 버려진 게 아니었다. 엄마를 보면 알 수 있다. 이젠 내가 엄마를 향해 한 발 한 발 내딛을 차례다. 엄마 딸이 자기 자신을 얼마나 사랑하는 아이로 자랐는지 보여 주고 싶다. 엄마를 꼭 닮은 내 모습을. 엄마가 아니었다면 나는 이 세상에 존재하지도 않았을 테니까. 힘이 불끈 솟았다.

본격적으로 시작된 오디션 준비로 나는 눈코 뜰 새 없이 바쁜 하루를 보내게 되었다. 얼마 후 사람들의 관심은 새로 시작된 공개 오디션 프로그램에 쏠리기 시작했다. 하린이 심사위원으로 참여한다는 소문이 나돌기 시작하면서 벌써부터 시끌시끌했다.

드디어 결전의 날. 하린은 심사위원 명단에 없었다. 기대를 하지 않은 건 아니지만 오히려 다행이었다. 길고 긴 기다림 끝에 내 차례가 돌아왔다. 나는 밴드 부원들과 당당하게 입장했다.

무대 위에 서자 아무것도 보이지 않았다. 내 영혼이, 록의 영혼이 몸 밖으로 빠져나가는 기분이었다. 큐 사인과 함께 나는 음악 속으로 빠져들었다. 강하게 두드려 대는 드럼 소리와 도발적인 비트에 몸을 내맡기자 피가 뜨거워졌다. 소리 질러! 내 영혼이 명령했다. 억눌렸던 감정의 덩어리들이 폭발하듯 토해져 나왔다. 그것들이 서로 뒤섞이며 아우성을 질러 댔다. 아름답고 황홀한 반란이었다. 이대로 심장이 멈춰

버린다 해도 후회 없을 것 같은 흥분과 짜릿함. 무대는 새로운 세상이었다. 내가 상상하고 꿈꾸었던 그 이상이었다.

음악이 멈춘 순간, 숨이 턱 막혔다. 갑자기 내 심장 박동소리가 빨라지며 눈앞이 뿌예졌다. 꿈인가? 그녀가 지켜보고 있었다. 다리에 힘이 풀렸다. 기우뚱하는 나를 영호가 잡아주었다. 예기치 못한 하린의 출현에 온몸이 마비되는 느낌이었다.

하린과 눈이 마주쳤다. 그녀의 눈은 한없이 깊고 따뜻했다. 감격으로 가슴이 메어 왔다.

● 작가의 말

작별을 준비하며

"넌 작가가 될 줄 알았어."

고향 친구에게 이 말을 들었을 때 잠시 할 말을 잃었다. 불과 일 년 전까지만 해도 나는 작가가 될 재목이 아닌 것 같아 좌절했었다. 나 자신을 믿지 못한 내가 부끄러웠다. 내 삶이 여기까지 온 데는 이유가 있을 것이다. 때로는 기웃기웃 샛길로 새기도 하고 길을 잃어 헤매기도 했다. 먼 길 돌아 마침내 다다른 줄 알았더니 또 갈 길이 멀어 막막했다. 그제야 글 쓰는 일에 온전히 몰두해 본 적이 없었다는 걸 깨달았다. 그러자 내가 스쳐왔거나 나를 스쳐간 수많은 이미지들이 말을 걸어왔다. 기회였다.

내 욕심이 지나쳐 그들의 상처를 어루만져 주기는커녕 상처를 덧나게 할까 봐 걱정했으나 기우에 그쳤다. 오히려 그들이 내 상처를 소독해 주고 새살이 돋는 연고를 발라 주었다. 서서히 새살이 차올랐다. 알고 보니 그들은 내 분신들이었다. 그들과 함께 있으면 행복했다. 그런데 요즘 그들이 내 품에서 떠나려 한다. 이제는 놓아 주어야 할 때가 된 것 같다. 이상하게 하나도 슬프지 않다. 그들 한 명, 한 명이 얼마나 멋진 친구들인지 알기 때문이다.

수연이는 내가 생각했던 것보다 훨씬 단단하고 야무진 아이였다. 바람이 있다면 조금 느슨해져도 좋을 것 같다. 지평이는 세계에서 인정하는 멋진 바리스타가 될 것을 믿어 의심치 않는다. 그의 커피 한 잔이 가끔 그리울 것이다. 성모는 짓눌렸던 어깨를 펴고 자기 삶을 당당하게 펼쳐 나가길 바란다. 알고 보면 꽤 괜찮은 녀석이다. 용석이와 명진이가 끝까지 용기를 잃지 않기를 바란다. 예리는 늘 내 가슴속에서 꿈틀대는 에너지원이다. 나의 영원한 록의 여신이다. 언젠가 이들이 지나온 삶의 파편들이 추억이라는 이름으로 복원되는 날이 올 것이라 믿는다. 윤주 엄마라면 기꺼이 그렇게 해 줄 것이다.

내가 한 일은 고작 이들에게 이름을 지어 준 것밖에 없다. 나의 또다른 분신들에게 이름을 지어 준다는 것은 그들을 떠나 보낼 준비를 하는 것이다. 그들은 내 소유물이 아니라 독립된 하나의 인격체이기 때문이다. 이제 내 몫으로 남은 건 당장은 더디더라도 그들이 선택한 삶의 과정을 기다려 주고 존중해 주는 일이다.

그동안 이들의 성장을 함께 지지하고 지켜봐 준 '첫눈회' 글벗들에게 감사드린다. 혼자였다면 어림도 없었을 것이다. 기꺼이 미숙한 원고의 첫 독자가 되어 준 딸들에게도 고맙다. 또 나의 분신들이 세상의 빛을 볼 수 있게 애써 주신 푸른책들에 감사드린다.

이제는 나의 친구들과 작별을 고할 시간이다. 부디 꿋꿋하게 홀로 서서 자신만의 세계를 구축해 나가기를 진심으로 바라고 또 바란다.

"얘들아, 잘 지내! 나도 잘 지낼게."

2013년 가을
심은경

심 은 경

1969년 충북 제천에서 태어났으며, 단국대 대학원 문예창작학과를 졸업했다. 문화센터 · 자치센터에서 독서지도를 하며 어린이 책을 썼으며, 현재 1388상담 자원봉사자로 활동하면서 어린이와 청소년들을 만나고 있다. 2012년 단편 청소년소설 「마마보이와 바리스타」로 제10회 푸른문학상 '새로운 작가상'을 수상하며 본격적인 글쓰기를 시작했으며, 『택배 왔습니다』는 그의 첫 청소년소설집이다. 그 밖에 지은 책으로 『수학의 즐거움을 당당하게 누려라, 갈루아』, 『닮고 싶어요! 되고 싶어요!』 등이 있다.

푸른도서관은 10대에서 20대까지 눈부신 성장을 거듭하는 푸른 세대를 위한 본격 문학 시리즈입니다.

1 **뢰제의 나라** 강숙인 | 제1회 윤석중문학상 수상작
2 **아버지가 없는 나라로 가고 싶다** 이규희 | 세종아동문학상 수상 작가
10 **마사코의 질문** 손연자 | 세종아동문학상 수상작, SBS 어린이미디어대상 수상작
11 **아, 호동 왕자** 강숙인 | 학교도서관사서협의회 추천도서
12 **길 위의 책** 강 미 | 제3회 푸른문학상 수상작, 책따세 추천도서
14 **발끝으로 서다** 임정진 | 책따세 추천도서
15 **마지막 왕자** 강숙인 | 중앙일보 좋은책 100선 선정도서
18 **쥐를 잡자** 임태희 | 제4회 푸른문학상 수상작, 아침독서 청소년 추천도서
19 **바람의 아이** 한석청 | 한우리독서토론논술 필독도서
21 **리남행 비행기** 김현화 | 제5회 푸른문학상 수상작, 책따세 추천도서
22 **겨울, 블로그** 강 미 | 문화체육관광부 우수교양도서, 아침독서 청소년 추천도서
23 **네가 하늘이다** 이윤희 | 아침독서 청소년 추천도서, 한국어린이문화대상 수상작
27 **지귀, 선덕 여왕을 꿈꾸다** 강숙인 | 책따세 추천도서, 네이버 북리펀드 선정도서
30 **사라지지 않는 노래** 배봉기 | 문화체육관광부 우수교양도서, 국립어린이청소년도서관 추천도서
31 **김홍도, 조선을 그리다** 박지숙 | 문화체육관광부 우수교양도서, 아침독서 청소년 추천도서
34 **밤나무정의 기판이** 강정님 | 한국도서관협회 우수문학도서, 대한출판문화협회 올해의 청소년도서
35 **스쿠터 걸** 이 은 | 한국간행물윤리위원회 우수청소년저작 당선작, 학교도서관저널 추천도서
37 **열네 살, 비밀과 거짓말** 김진영 | 한국간행물윤리위원회 청소년 권장도서, 문화체육관광부 우수교양도서
38 **허황옥, 가야를 품다** 김 정 | 네이버 북리펀드 선정도서, 대한출판문화협회 올해의 청소년도서
40 **그래도 괜찮아** 안오일 | 한국간행물윤리위원회 우수청소년저작 당선작, 한국도서관협회 우수문학도서
43 **아버지, 나의 아버지** 최유정 | 한국도서관협회 우수문학도서, 아침햇살 선정 좋은 청소년책
44 **타임 가디언** 백은영 | 아침햇살 선정 좋은 청소년책
47 **악어에게 물린 날** 이장근 | 책따세 추천도서, 대한출판문화협회 올해의 청소년도서
48 **찢어, Jean** 문부일 | 한국도서관협회 우수문학도서, 아침독서 청소년 추천도서
50 **신기루** 이금이 | 네이버 북리펀드 선정도서, 아침독서 청소년 추천도서
52 **모래시계가 된 위안부 할머니** 이규희 | 학교도서관저널 추천도서, 국제펜문학상 수상작
54 **나는 랄라랜드로 간다** 김영리 | 제10회 푸른문학상 수상작, 한국문화예술위원회 우수문학도서
57 **나는 지금 꽃이다** 이장근 | 문화체육관광부 우수교양도서, 어린이도서연구회 청소년 추천도서
58 **우리들의 사춘기** 김인해 | 한국문화예술위원회 우수문학도서, 국립어린이청소년도서관 추천도서
61 **택배 왔습니다** 심은경 | 한국문화예술위원회 우수문학도서, 아침독서 청소년 추천도서
63 **나에게 속삭여 봐** 강숙인 | 학교도서관저널 추천도서
71 **우리는 가족일까** 유니게 | 한국출판문화산업진흥원 세종도서
73 **신라 공주 파라랑** 김 정 | 학교도서관저널 추천도서
74 **옥상에서 10분만** 조규미 | 아침독서 청소년 추천도서, 학교도서관사서협의회 추천도서
75 **별에서 별까지** 신형건 | 한국출판문화산업진흥원 청소년 권장도서
76 **뱅뱅** 김선경 | 어린이도서연구회 청소년 권장도서, 아침독서 청소년 추천도서
78 **연애 세포 핵분열 중** 김은재 | 학교도서관저널 추천도서, 아침독서 청소년 추천도서
79 **데이트하자!** 진 희 | 학교도서관저널 추천도서, 울산남부도서관 올해의 책
80 **세 번의 키스** 유순희 | 국어 교과서 수록작가
81 **파란 담요** 김정미 | 한국문화예술위원회 문학나눔 선정도서, 학교도서관저널 추천도서
82 **그 애를 만나다** 유니게 | 책따세 추천도서, 아침독서 청소년 추천도서
83 **너를 읽는 순간** 진 희 | 한국문화예술위원회 문학나눔 선정도서
84 **기린이 사는 골목** 김현화 | 아침독서 청소년 추천도서
85 **불량한 주스 가게** 유하순 | 제9회 푸른문학상 수상작 수록
86 **내 안의 안** 이근정 | 한국안데르센상 수상 시인

*〈푸른도서관〉 시리즈는 계속 나옵니다!